真白に綴る愛しさは

伊勢原ささら

幻冬舎ルチル文庫

CONTENTS ✦目次✦

真白に綴る愛しさは

✦イラスト・六芦かえで

✦カバーデザイン＝chiaki-k（コガモデザイン）
✦ブックデザイン＝まるか工房

真白に綴る愛しさは

窓越しの空には灰色の雲が重く垂れ込め、外の景色をひどく陰鬱なものに見せていた。気象予報どおり、ほどなく雨が降り出すのだろう。梅雨《つゆ》に入ってからはほぼ毎日、こうしたうっとうしい天気が続いている。

高槻士郎《たかつきしろう》は気鬱をもたらすほの暗い風景を眺めながら、無意識に眉をひそめた。

この土地で迎える、三度目の雨の季節だ。鮮やかな青葉の緑までモノクロームに変えてしまう雨の日が、高槻はあまり好きではない。

ここ日本アルプスの登山口、長野の山間部に位置する村は、四季折々の景色がとても美しく山肌に映える、自然に恵まれた地だ。今時期、六月の上旬は、夏に向けて木々が葉を茂らせる頃だ。雨が上がった日には、眩《まぶ》しい初夏の日差しに緑が豊かに輝く。

どんなに暑くても気温が三十度を超えることは珍しい、涼しくて爽やかな夏が過ぎると、素晴らしい紅葉が目を楽しませてくれる秋がくる。だが絵画のような風景を堪能できる、心地よく過ごしやすいその季節はとても短く、すぐにやってくるのはとてつもなく長い冬だ。

高槻はこの地の、真っ白な雪と静寂に包まれた重苦しい冬が嫌いだった。今日の梅雨空は、季節の順番を間違えて早くも冬が訪れてしまったような、憂鬱な気分を連れて来る。

「ねぇ士郎さん、聞いてるの?」

やや苛立《いらだ》った声に、高槻の意識は現実に引き戻された。窓の外の景色から戻した視線は、向かいの席に座った女の切実な目とまともにぶつかった。

「ああ、聞いている」

高槻の返事に、彼女はほうっと深く息を吐く。

気の強そうなはっきりと整った目鼻立ちには、女性らしい優しさややわらかさはない。氷の彫刻めいた美貌は、夫婦として共に暮らしていた三年前までと変わっていなかったが、当時と比べるとなんとなく輪郭がぼやけ、一気に老け込んだような印象を受ける。

草薙理沙子《くさなぎりさこ》は例えるなら、磨き抜かれ鋭い光を放つ金属のような女性だった。高槻の愛する繊細なガラスの世界とは相容《あいい》れない、硬質な冷たさと強さを持っていたはずだ。

結婚していた頃から理沙子の笑顔など見たことはなかったが、今目の前にいる彼女の表情は冷ややかというのを通り越して、異様なほど強張《こわば》っている。メイクでは隠しきれない隈《くま》が目の下に浮いているのを見て、高槻は違和感を覚えた。

弱みを見せるのが嫌いな彼女が見るからに疲れきった顔で、東京から車を飛ばして半日もかかるこんな山の麓《ふもと》の喫茶店までわざわざやってきたのには、それなりの理由があった。

「それで、どう？　ＯＫしてもらえる？」

勢い込んで尋《たず》ねてくる元妻に、高槻は露骨に顔をしかめ溜息を聞かせる。

なんでもすぐに結論を出したがるせっかちなところは、別れる前と同じだ。今ではのどかな土地でおっとりした田舎気質の人達に囲まれている高槻は、わずかの猶予もなく結論を迫るその性急さに、忙《せわ》しない都会での時間に追われる生活を思い出させられ、反感よりもむしろ漠然とした懐かしさすら覚えた。

「待ってくれ。まだ了承したわけじゃない」

運ばれてきたまま放置され、ぬるくなってしまったコーヒーに口をつける高槻に、理沙子は切羽詰まった眼差しを向けてくる。

『頼みたいことがある』と、彼女から電話があったのは十日前のことだ。離婚以来事務的な用件でしか連絡を取り合ったことはなく、加えてその重苦しい口調に嫌な予感がしたものだが、『頼みごと』の内容を聞いてさらに困惑してしまった。

ひと言で言うと、彼女の弟を高槻のところでしばらくの間預かってはくれないか、ということらしかった。

いきなり言われても困る、もっと詳しい話を聞かないと、と返すと、『会って説明したい』と、彼女の休日に合わせて場を設定することになったのだ。

離婚は決して円満なものではなかった。おそらくは今でも苦い想いを抱《いだ》いているだろう元夫にどうしても会いたいと言ってきた元妻に、相当切迫した事情がありそうだと察してはいたが、今その疲弊しきった様子を目《ま》の当たりにして、高槻は事態の深刻さを改めて感じていた。

「まずは話を整理させてもらいたい。君の言い分としては、来月から慰謝料はいらない。その代わり、弟を俺の所で預かってほしい。そういうことでいいか?」

「ええ。私が落ち着くまでのしばらくの間、あなたのところに置いてやってほしいの」

「君に弟がいたとは初耳だ」

高槻の言葉に理沙子は気まずげに視線をそらしたが、脱力した背をソファに預けると観念したように居住まいを正した。

「私の両親が離婚したのは、あなたも知ってるわよね？　そのとき、弟は母の方に連れて行かれたのよ」

子供を顧みなかった奔放な母親が理沙子と父親を捨てて若い男と失踪《しっそう》したという話は、高槻も聞いて知っていた。彼女にとっては思い出したくない過去だったのだろう。それ以上の詳しい話はしようとしなかったし、高槻にしても妻とはいえ人の心の治りきらない傷を開く趣味はなく、追及はしなかったのだ。

口にするのも忌まわしいだろうそんな過去の話を、今彼女はあえてしようとしている。弟とやらを、高槻に預かってもらうために。

「子供の頃の話なんて、あなたにするのは初めてね。あまりいい話ではないけれど……両親が離婚する前から、うちの家族は完全に崩壊してたの。父は病気がちで、その病気を忘れるためにお酒を飲んで酔い潰れる日々だったし、母はそんな夫の顔を見ているのが嫌で遊び歩いてたわ。幼かった私と弟は守ってくれる人もいないまま、お互いだけが味方で寄り添って生きていたの。あの頃の私ががんばれたのは、弟がいたからかもね」

理沙子の口元にほんのりと笑みが浮かび、高槻は驚きに目を瞠《みは》る。彼女のそんな優しい微笑《ほほえ》みは初めて見た。弟の存在が当時の彼女にとってどれだけ大切なものだったのか、その幻のような一瞬の笑みが伝えてくる。

「七年前に母が病死したという知らせを受け取ったときには、もう弟の居所はわからなかったわ。私も手をつくして探したんだけど、手がかりがなくて……。どうやら弟は母の死後、母の愛人に引き取られたらしいの。一年前にその男が死んで弟がひとりになって、唯一の身内である私に連絡が来たのよ」

ずっと探していた弟との再会を語っているはずなのに、理沙子の表情は暗く、口調は重い。

「……それで？」

言葉が途切れ、高槻が先を促す。

「もちろん弟は私が引き取って、一緒に暮らしはじめたわ。ただそのすぐ後、私がちょっと体調を崩して、仕事もままならなくなって……今でも二人で食べていくのがやっとの生活が続いてるの」

高槻には弱みを決して見せなかった彼女だ。『ちょっと体調を崩した』と言ってはいるが、本当はちょっとどころではなかったのかもしれない。そしてそんなふうに正直に弱音を吐くのは、彼女の性格からしてよほどのことだろう。

つまり、そんな隠しておきたい内情を打ち明けてでも、なんとかして高槻に助力を頼みたいということにほかならない。

「もう大丈夫なのか、体は」

思わず気遣ってしまい、高槻は我ながら驚いた。彼女に対してそんな、上辺だけではない労《いた》わりの言葉をかけたことなど、今まであっただろうか。

理沙子も意外に思ったようで、伏せていた瞳をわずかに見開いた。珍しいものでも見るような視線を向けられ気恥ずかしくなる。

「だ、大丈夫よ。今はもうほとんどなんともない。とにかくそんなふうだから、弟には十分なことをしてやれないの」

自分の体の話はそれで終わりとばかりに、理沙子は気丈な目を上げると、高槻をまっすぐ見つめてきた。

「俺と君とはもう他人だ。他人の俺に、君は大事な弟を預けるっていうのか？」

「士郎さんも知ってるでしょう？　私には弟のほかに身寄りがいないわ。頼れる人間が誰もいないのよ」

理沙子の両親は他界しているし、他に親戚もいない。そういった意味では、高槻が唯一の彼女の家族だったのだ。

「それに……理由はもう一つあるの。弟は、今ちょっと心を病んでいて……」

言いづらそうに目をそらし口にされた予想外の言葉に、「なんだって？」と高槻は身を乗り出す。

「弟は、ずっとマンションの部屋に引きこもってるの。車の騒音や人ごみが怖いみたいで、一歩も外に出られないのよ。お医者さんには転地療養を勧められたんだけど、引っ越すわけにもいかないし……。私も朝から夜更けまで仕事で、なかなかあの子に気を配ってやれないの」

高槻が難しい顔で黙り込んだのを、弟の心の状態のことがひっかかっているのだと思ったらしい。理沙子はあわててつけ加える。

「心配しないで。『病んでいる』とは言ったけど普通に生活はできるし、言われたことはなんでもちゃんとやれるのよ。ただちょっと、人と接するのが難しいっていうだけで……。ねえ、よかったら、あなたの働いてるガラス工房で使ってやってもらえないかしら？」

「馬鹿を言うな。素人がすぐにできるような、そんな簡単な仕事はない」

理沙子にとっては高槻が今勤めているガラス工房の仕事など、趣味の延長程度の認識しかないのかもしれない。思わず語調がきつくなった高槻に理沙子は怯《ひる》むが、引き下がらずに身を乗り出してくる。

「気を悪くしたのなら謝るわ。もちろん、あの子に何か仕事を見つけてほしいとまで思ってるわけじゃないのよ。寝る場所と食事だけ提供してくれれば、それで十分。あなたにはなるべく迷惑をかけないようにするから」

高槻は困り果てて重い息を吐く。妻だったときから自分の要求をはっきりと主張し、一度言い出したら引かないところはあった。だが今回の話は、かつての彼女のわがままとは質が違う気もした。

「話は大体わかった。君の大変さも理解したつもりだが、やはりそれは難しいだろう」

不幸だった幼少期の空白を埋めるべく捕まえたエリートの夫は、地位と輝かしい未来を捨て、妻とも別れて、近くにコンビニの一軒もない長野の山奥にこもってしまった。飾り物とはいえ妻である彼女に幸福も、愛情も、理想的な未来も与えてやれなかった代償として、五年間月数万円の慰謝料を支払い続けるのは当然だろうと高槻も納得していたのだが、『その代わりに』と言われても、聞ける話と聞けない話がある。

「犬や猫ならともかく、人間だぞ。そんなに気軽にＯＫできる話じゃない」

「士郎さん、お願い！」

昔は常に外聞を気にし、人目のあるところで取り乱すことなどなかった元妻がらしくない悲痛な声を上げ、高槻は驚いて見返す。理沙子自身も無意識だったのだろう。感情的な声を出してしまったことを恥じるように視線を移ろわせ、周囲のテーブルを窺《うかが》っている。幸い、観光地からかなり外れた山の中の喫茶店にはほかに客などいるはずもなく、二人の会話に耳をそばだてる者はいない。

「頼むから聞いて。私達今、本当にギリギリの状態なのよ」

声をひそめながらも、理沙子は切羽詰まった口調で訴える。

「今は仕事を二つ掛け持ちしているから、帰りは夜中になるわ。疲れて帰って来ると私も余裕がなくて、弟に当たってしまいそうになるときがあるのよ。そんなこと、したくないのに……」

元妻は苦しげにつぶやく。その表情が叫んだ声同様つらさを滲《にじ》ませているのを見て、精神的に相当追い詰められているらしいのがひしひしと伝わってくる。婚姻中は見たこともなかった彼女の弱り切った姿に、高槻の胸もわずかに痛んだ。

「私だって弟と暮らしたいわ。だけど、今は駄目。せっかく一緒にいられるようになったのに、この私が弟の心の状態を悪化させてしまうんじゃないかと怖いのよ。でも、どうすればいいのかわからなくて……」

二人にとってよりよい道を考えに考えて、やっと思いついたひと筋の救いの可能性が高槻だったのかもしれない。

「ねぇ、これまで私があなたに、こんなに真剣に頼みごとをしたことがあった？　いつだって仕事中心だったあなたは、私が何を考えているのか、何を望んでいるのかなんて、知ろうともしなかった。一つくらい願いを聞いてくれても、ばちは当たらないんじゃないかしら」

かろうじて上辺の冷静さを取り戻した理沙子は、かつての彼女を偲《しの》ばせる気丈な声で訴える。

相手のことに関心がなかったのはお互い様だ。高槻が仕事にのめり込んでいたのと同様に、理沙子も高槻とは別の方向を向いて彼女自身の生活を楽しんでいた。二人とも、自分達の関係はそれでいいと割り切っていたはずだ。愛情で結ばれていたわけではなく、互いにとって都合のいい伴侶《はんりょ》というだけの存在だったのだから。

だが、もしも自分が仕事を辞めなければ、理沙子は誰もがうらやむエリート商社マンの妻という身分でいられたのだという負い目は、常に高槻の中にあった。彼女の理想とする未来像を捻《ね》じ曲《ま》げてしまったのは、確かに高槻の独断によるものだ。

それに、見るからに不安定なその表情や態度でわかる。おそらく、彼女は本気で困っている。本気で、今の状況をなんとかしなくてはと思い詰めているのだろう。

「仮にだ。仮に預かるにしても、期間はちゃんと決めてくれ。いつまでだ？」

確認のため質問すると歩み寄る余地があると思われたのか、理沙子の表情は明らかに和らいだ。

「私今パートしている小さな出版社で、来月から正社員にしてもらえることになってるの。そうしたら収入もある程度増えるし、仕事を掛け持ちする必要もなくなると思う。半年もしたら、きっと生活も落ち着くわ。年内には必ず迎えに来るから」

「半年、か……」

「小さいときに別れたとはいえ、私も弟のことはずっと心配していたの。それは本当よ。だから、一刻も早く一緒に暮らせるようにしたいと思ってる。それに……」

理沙子はしばしば言いよどんでから、

「あの子のことを預けられる人間が、あなた以外浮かばなかったのよ。誰にでも頼めるわけじゃないわよ、大事な弟なんだから」

早口で言って、気まずげに俯《うつむ》いた。

形だけの夫婦であり、人間性などどうでもいいと思っていた。家の中では笑顔どころかほとんど会話もなく、求めるのは愛情や安らぎではなく体裁や形だけの安定だった。

だがそれでも、四年も家族としてともに暮らした相手だ。互いのことはある程度わかっている。どうやら高槻は、大事な弟を預けてもいいと思ってもらえるくらいには、元妻から信用されていたらしい。

そして不幸な境遇のせいで、肉親の情などというものには心を動かされないように見えていた理沙子が、心を病んでいるというその弟を姉として真剣に気にかけているらしいことを、高槻は新鮮な思いと共に受け止めていた。

ここで断れば、その後どうなったかと後々まで気になって、あと味の悪い思いをすることになるだろう。『半年』と考えると長そうに思えるが、実際はあっという間だろうし、他人と生活する不自由さをその間だけ我慢すれば、根強く持ち続けていた元妻に対する負い目も多少軽くなるかもしれない。

「君の気持ちはわかった。俺でよければ預かってやろう」

高槻の言葉に、理沙子は見るからに安堵《あんど》の表情を見せた。

「本当？」

「ああ。その代わり無理だと思った時点で、弟は君のところに返す。それでいいか」

「もちろんいいわ」

文句を言うかと思った元妻は、意外にも即座に頷いた。

「じゃ、早速ここに連れて来てもいい？　実は今、車に待たせてるの」

高槻は啞然《あぜん》とする。

「なんだって？」

「だって、弟にもここがどんな所かを見せてやりたかったし、あなたにも会わせたかったのよ。あなたのことはちゃんと話してあるし、もちろん今回のことは弟も了承済みよ。ちょっと待ってて」

高槻の返事も聞かず、理沙子はそわそわと席を立つ。

「おい」

気が急《せ》いている彼女に、引き止める声は聞こえていないようだ。以前より痩《や》せた足につっかけたヒールで音高く床を蹴り店を出て行く後ろ姿を見送り、高槻は肩を落とし深く嘆息した。

ブランドもののバッグとスーツは、おそらく高槻と結婚していたときに買ったものだろう。ウェーブの取れかかった髪やひと回り細くなったように感じる後ろ姿と、以前の完璧に美しかった彼女が重ならない。

だが、人のことは言えない。高槻も変わった。

辞表を提出するまでは高槻も、有名ブランドのスーツを完璧に着こなす完全無欠のエリートだった。だがこの三年間で、戦闘服は作業用のツナギになった。スーツなどこの地に移ってから一度も袖を通していないし、もう二度と自分を嘘《うそ》の鎧《よろい》で飾り立てる生活に戻りたいとは思わない。

傍から見れば自分達のこの変化は、同情すべき凋落《ちょうらく》に見えるのかもしれない。けれど少なくとも高槻に関して言えば、失ったものよりも得たものの方が大きかった。

理沙子にとってはどうだろうか。

窓の外に見える懐の深い自然に癒されていた目を閉じると、粉飾に満ちた過去の生活がよみがえり乾いた胸を騒がせた。


三年前、二十九歳まで、高槻は千代田区に本社を置く総合商社の最大手・四葉《よつば》商事に勤めていた。一流国立大を優秀な成績で卒業し、誰もが憧れる商事会社への就職は、高槻が頭の中で描いていた理想の進路だった。

エネルギー関連のプロジェクト部門に配属された高槻は、その堅実な仕事ぶりと着実な努力でめきめきと頭角を現していった。その根底には他人に負けたくないという意地と、賞賛されたいという野望の両方があった。

海外と日本を年に何度も往復する生活や、休日どころか睡眠時間もほとんど取れない仕事漬けの毎日も、つらいと思ったことは一度もなかった。水面下で積み上げた努力は成果となって数字に現れ、当然社内での評判も順当に上がり周囲の羨望の視線が集まった。それがたまらなく心地よかったのだ。

だが本当のところは仕事自体が特に面白いわけでも、やりがいを見出《みいだ》しているわけでもなかった。高槻の強い上昇志向の原動力は、ただその悲惨な過去から脱却したいという執念に裏打ちされていた。

高槻が十歳の時、両親が経営していた小さな町工場が不況の煽《あお》りをくらって倒産すると、消費者金融が昼間から押しかけるどん底の生活が始まった。地獄の終わりは両親の心中という、最悪の結末で締めくくられたのだ。

貧乏は嫌だ。あんな生活には二度と戻りたくない。

その思いが固い決意となって、少年だった高槻の胸に深く刻まれた。

最高の教育を受けて一流の会社に就職。人がうらやむ優雅な生活に、美しい妻。誰もが望む輝かしい地位を手に入れれば、自分の中に根強く残っていた忌々しい黒い塊が消えて失《な》くなってくれると信じ、高槻はがむしゃらに理想とするレールの上を歩んできた。

就職先として一流商社を選んだのは、華やかなイメージで世間的に聞こえがよかったことと、本来の性格とは相容れない職業にあえて自分をはめ込みたかったというのが理由だった。

高槻は元来社交的な方ではない。むしろ他人と関わるのが苦手で、ひとりで何かをコツコツと作り上げる職人的な仕事の方が向いているのは自覚していた。だが、そんなもともとの内向性を乗り越え理想像を自らに重ねることで、過去の弱く臆病な自分と決別できると信じていたのだ。

新卒組の平均給料の倍以上を稼いだ高槻は、その金を惜しげもなく使って相応《ふさわ》しい伴侶を得るべく我が身を飾り立てた。憂いがかった知的な眼差しに影のある口元。硬質でクールな男らしい美貌と上背百八十五センチの堂々とした体軀《たいく》を備えた高槻に、あからさまにアプローチしてくる女性は後を絶たなかった。

その中から草薙理沙子を選んだのは、彼女が自分と同類だったからだ。高槻に接近してきた数多《あまた》の女性の中で、理沙子は誰よりも美しく、賢く、愛情薄く、そして上昇志向が強かった。

高槻は、本当は女性を愛せない。義務的に抱くことはできるが、魅力を感じ心を動かされる相手はいつも同性だった。自分でもどうすることもできないその性指向は、すべてにおいて完璧でありたい高槻にとっては決して他人に知られてはならない、唯一の『汚点』だったのだ。

だが、仮に高槻のその秘密を知ってしまったとしても、理沙子はまったく気にはしなかっただろう。彼女は自分のよりよい未来のために、外面的な条件のみで釣り合う男を選んだだけだったのだから。

幼い頃両親が離婚し、病気がちの父親をひとりで支えながら貧しい暮らしを続けてきた彼女も、高槻同様黒い塊を心の中に抱えていた。そこから脱却するために捕まえた、理想的な男が高槻だったというだけだ。

利害の合った二人の結婚生活は、上辺だけはうまくいっていた。しかし、そのかりそめの平穏な暮らしも長くは続かなかった。

就職して六年、若手のホープと期待され未来の幹部候補の呼び声も高かった高槻だが、その露骨な野心の透けて見える傲慢《ごうまん》さや、ビジネスが絡まなければ他人とまったく打ち解けない冷淡さをよく思わない者も多かった。いけ好かない若いのを追い落とそうと画策する輩《やから》に罠《わな》に嵌《は》められた高槻は、手がけてきた一大プロジェクトを呆気《あっけ》なく上司に横取りされることになった。あざとく、卑怯《ひきょう》な、それでいて外からは気付かせない、用意周到なやり口だった。

人のことなどまるで考えずただがむしゃらに走ってきて、つまずいて膝をつき初めて周囲を見ると、手を差し伸べてくれる人間は皆無だった。上司に手柄を取られた間抜けな若手をあざ笑いこそすれ、共に怒ってくれる仲間などどこにもいなかった。同僚と上辺だけの交流しかせず、誰も信用せずに利己的な人生を送ってきた報い——いわば自業自得と自嘲《じちょう》するほかなかった。

その件を経て、高槻の中で決定的に何かが失われた。一体なんのためにしゃかりきになってがんばってきたのか、まったくわからなくなったのだ。いわゆる『燃え尽き症候群』というものだったかもしれない。

仕事に対するやる気どころか、自分をずっと走らせてきた上昇志向すら失いふと立ち止まってみれば、本当に大切なものを何一つ持っていないことに高槻は気付いた。当たり前だ。仕事も、妻も、豊かな暮らしも、理想的な未来を形にし不遇な過去を埋め合わせるための、ただの形骸的《けいがいてき》なものだったのだから。

気付いてしまえば、もう一度立ち上がり空虚な未来を再び築いていく気力は失くなっていた。途方にくれた高槻は、ただの抜け殻と化した。

嘲《あざけ》りの視線を常に向けられているように思えて、会社にいることすら耐え難かった。メーカー回りと偽って、日がな一日無駄に街をふらついた。時間というのはとてもゆったり流れているものなのだと、そのときに初めて知った。日の当たる公園のベンチに座って何もせずただ景色を眺めていると、凍え乾ききった心がそっと両手でくるまれるような心地よさを味わえた。

滅多に通らない路地裏の、古びた雑貨屋の店先に飾られていたトンボ玉を見つけたのはその頃だ。直径二センチにも満たない色ガラスの飾り玉が、高槻の完全に麻痺《まひ》していた感性に触れた。たまたま目に入ったその小さな細工物に目は釘付《くぎづ》けられ、胸が不思議なくらい高鳴った。

まだ両親がいて工場もうまくいっていた幼い頃、空き瓶にたくさんのビー玉を集めていたことをふいに思い出した。色合いや光の加減が一つとして同じもののないそれに、幼い高槻は夢中になっていた。

目の前に並べられたトンボ玉の美しさはそのビー玉以上で、それぞれがまるで独自の小宇宙だった。小さな球体の中さまざまな色が複雑に混ざり、一つの不可思議な世界を作り上げているのはもはや芸術の域だった。

こんな美しいものが、本当に人の手によって生み出せるのだろうか。

そう思いはじめると、その美しさの秘密を暴いてみたくてたまらなくなった。

店先に飾られていたトンボ玉を全部買って帰ったその日から、殺伐としていた高槻の心に微《かす》かな光が灯《とも》った。可愛《かわい》らしいガラス玉一つの謎を解くことが、これまで手がけてきたどんなプロジェクトよりも崇高で、得難いものに感じられた。

それまでは仕事で潰していた週末を使って、高槻はトンボ玉を卸しているという長野県山間部の小さなガラス工房へと通うようになった。その工房ではガラス工芸品制作のほかに、トンボ玉作りの体験教室も開いていたのだ。毎週土曜、そこで飴玉《あめだま》程度のガラスの球体を作り上げる作業に、高槻は異常なほどのめり込んだ。

東京から何時間も車を飛ばして、観光ルートにも入っていない山奥の工房の教室にわざわざ通ってくるのは高槻だけで、ほかは皆地元の人間だった。彼らののんびりした気風は、忙しない都会で競争に明け暮れていた高槻にはとても新鮮に感じられ、田舎特有の悪気のないおせっかいも、うざったいとは次第に思わなくなった。

深い自然の中のちっぽけな工房が、高槻の心のオアシスとなった。そこでなら、高槻は自身を固めていた嘘の鎧を脱ぎ捨て、自然に呼吸をすることができた。肩の力が抜けると、活発な行動力と幅広い人間関係、時代の先を読み解くひらめきを要求される商社マンの仕事が、どんなに己に負担をかけていたのかもよくわかった。

工房に通い、疲れきった心を癒していくうちに、商社の仕事をはじめとしたこれまでの生活のすべては、高槻にとってなんの意味もないものとなっていった。四月の人事異動で左遷とも取れる子会社への出向を言い渡された高槻は、その翌日辞表を提出した。

妻の理沙子は寝耳に水の退職報告を、顔色一つ変えず受け入れた。いくら干渉し合わない夫婦ではあっても、夫の様子に何らかの変化があったことには彼女なりに気付いていたのだろう。高槻が理由を説明する前に、妻は冷ややかな眼差しで離婚を要求してきた。慰謝料として月々五万円を五年間支払い続けることを条件に。

安定した生活を得るためだけの結婚は、月日を重ねるごとに彼女の心にも負担をかけていたのかもしれない。あらかじめ予想していたときがやっと来た、といったような、それはあまりにもあっさりとした別れだった。

何もかも失ってみて初めて、必死になって得てきたすべてのものが、自分にとってまるで必要ないものだったことを高槻は理解した。ほとんど身一つで長野の山奥に移り住み、他人に頭など下げたこともなかったものを、平身低頭頼み込んでガラス工房の下働きとして雇ってもらった。給料はそれまでの三分の一になったが、空っぽだった心はゆるやかに満たされた。まだほんの三年前なのに、何十年も昔のことのように遠くに感じられていた東京での虚《むな》しい暮らし。もう思い出すこともなくなって久しかった。

十日前に、形だけの妻だった女が突然電話をかけてくるまでは……。

カラン、とカウベルの鳴るのどかな音で、高槻は閉じていた瞳を開いた。入って来る理沙子の後ろには、ヨットパーカーにデニム姿の少年がついていた。

ハイヒールを履いた理沙子より少し低い程度の背丈ということは、百六十センチ代半ばくらいだろうか。小柄な上にひょろりと痩せた体型で、顔はモデル並みに小さい。はっきりと整った目鼻立ちは姉に似ているが受ける印象がまったく違って見えるのは、ガラス玉のように感情の薄い瞳と、桜色の唇に浮かんでいるほのかな微笑みのせいだろうか。

高槻はわずかに眉を寄せた。

その少年は、見慣れない異様なものを胸元に抱えていたのだ。Ｂ５横版程度の大きさのそれは、伝言を書きつけておくホワイトボードのように見えた。

「士郎さん、弟の凜《りん》よ。凜、こっちに座って」

理沙子が紹介し隣を示すと、少年はコクリと頷《うなず》いて行儀よく席につく。微笑を湛《たた》えたまま、視線はじっとテーブルに下げている。

妙な違和感の原因は、両手でしっかり持ったボードだけではない。彼のあまりの表情のなさだ。その微笑みはとってつけたように不自然で、完璧な顔の造作と共に出来のいい人形みたいに見え、なんだか気味が悪いのだ。

「いくつなんだ」

高槻は理沙子に向かって問う。見たところまだ相当若そうだ。

「十七歳よ。秋には十八になるわ」

普通なら青春真っ盛りで友達と馬鹿をやって騒いでいる年頃だろうが、彼にはそういった若々しい生気がない。もっとも高槻自身もそんな青春時代を送っては来なかったのだが。

「凜、その人は高槻士郎さん。私の夫だった人よ」

理沙子の言葉に、じっと動かなかった凜がゆるりと顔を上げた。謎めいた微笑のまま弱い視線でおずおずと高槻を見上げてから、ボードについているペンで板面に文字を書きつける。

『はじめまして。草薙凜です』

向けられたボードには、丁寧な字でそう書かれていた。高槻は困惑する。

「なんの真似《まね》だ、一体」

「この子はしゃべれないの。会話はこのボードに書いてするわ」

「障害があるのか？」

「耳も口も機能は正常よ。しゃべれない理由は精神的なものなの。私もずっと、凜とはこうして会話してるわ」

高槻は唖然と言葉を失う。普通の状態でも人一人預かるのは容易ではないのに、彼の状態は予想を遥《はる》かに超えるものだった。

（冗談じゃないぞ……）

高槻の表情が険しくなったのに気付いたのだろう。理沙子があわててつけ足す。

「人と違うのはそこだけで、他はまったく変わらないわ。学校は中学の途中までしか通えなかったようだけれど、人並みのことはできるしおとなしくて素直な子よ。あなたの生活を邪魔したりしない」

話にならない。高槻は首を振り、

「ちょっといいか」

と、理沙子に合図して立ち上がる。

「君はそこにいてくれ」

弟に言うと、人形めいた雰囲気の彼は表情を変えずコクリと頷いた。

店の外まで理沙子を引っ張っていき、高槻は厳しい目を向ける。

「無理だな。俺には荷が重い」

「そんなこと言わないで。ちょっと心が傷付いてるだけで、普通の子なのよ」

「しゃべれなくなるくらい傷付いてるってこと自体が問題だろう。専門の医者にはちゃんと診せてるんだろうな？」

「心療内科にはかかってるわ。信用のできるとてもいい先生にね。あの子の場合はそう簡単にはよくならないし、できれば静かな場所で転地療養した方がいいかもしれないと言われてるの。たくさんの音が耳から入って来る場所にいると息苦しくなるみたいで……今は一日中マンションの部屋にこもってベランダにも出られないのよ」

高槻は内心頭を抱える。

忙しなく騒々しい都会の真ん中のマンションの一室で、理沙子がいない間、外部の音に怯えながら膝を抱える彼の姿を想像すると胸は痛む。だがだからといって高槻も、そんな込み入った事情のある人間をおいそれと預かるわけにはいかない。心に傷を負った相手との接し方などわかるはずもなく、それでなくとも自分のことだけで手一杯だ。フォローしてやろうにも余裕がない。

「彼はどうなんだ。赤の他人の俺に預けられることには、納得してるのか」

赤の他人というところを強調してやると、理沙子はやや鼻白む。

「してるわよ。あなたのことやこの土地のことを話したら、凜も興味を持ったみたいだったわ。あなたも見てわかったでしょうけど、あの子ね、ほとんど表情がないの。それが、私が見せた長野の写真にちゃんと反応したのよ。それで、あのボードに書いたの。『行ってみたいって』」

精巧な蠟人形《ろうにんぎょう》のように動かない表情が、どんな変化を見せてその言葉を書いたのか。そのときのことを思い出してか、理沙子の瞳は心なしか潤んでいるようにすら見えた。

高槻は深い溜息をつき、理沙子を促し店内に戻る。凜はそれこそ置物のように、さっきと同じ姿勢で座って待っていた。

「ひとりにして悪かったな。今姉さんと話してきたんだが……」

話しかけた高槻は、思わず口を噤《つぐ》んだ。高槻が向かい側に腰を下ろした瞬間、凜の表情がわずかに変わったのだ。くすんだガラス玉のようだった大きな瞳がわずかに見開かれ、興味深そうに高槻の左手首のあたりに向けられていた。

高槻もつられて自分の手を見る。彼が一心にみつめているのはどうやら、トンボ玉をあしらった自作のバングルらしい。群青の空に雷光が走る光景をイメージしたもので、高槻自身も気に入っているものだ。

凜の口元からは張《は》り付けたような微笑が消え、唇が何か言いたげにほんの少し開かれる。目には屈託ない好奇心が垣間《かいま》見え、今にも手を伸ばしてきそうだ。

それはまるで、透明なガラス玉に淡い色が流し込まれたような変化だった。心を動かされれば、普通に感情表現ができるのではないか。ではなぜ普段は表情を凍り付かせ、人形のようになっているのだろう。

「気になるのか？」

話しかけると凛はハッと顔を上げ、あわてて視線を伏せぺこりと小さな頭を下げた。勝手に見てごめんなさいと、謝ったのだろう。

別に咎《とが》めたわけでもないのにそうしてびくつき謝るのは、誰かが彼に対して勝手な行動をとらないよう、常に目を光らせていたからではないのか。そしてそれは彼とほとんど一緒にいられなかったという、理沙子でないことは確かだ。

もとの無表情に戻ってしまい、じっと動かなくなった凛を改めて見る。ここで自分が断ったら彼はどうなるのだろうと、高槻はふと思った。

東京砂漠のマンションの一室で、夜中まで仕事で帰れない姉の帰りをひたすら待つ弟。深夜に帰宅した理沙子は疲れきっており、彼の相手もしてやれない。彼はその人形めいた無表情に強張った不自然な微笑を張り付かせたまま、部屋の隅で毎日ひとり膝を抱えているのだろうか。

互いを思いやっている分だけ負い目を感じ合って、笑顔のない日々を積み重ねながら、姉弟が二人して深みへと落ちていってしまう光景を想像したら、心の中を冷たい風が吹き抜けた。

「おい」

声をかけられたことがわかったのか、凜は顔を上げた。マネキン人形のような無表情で。

「君はどうしたいんだ？　君の気持ちを聞きたい」

「ねぇ士郎さん、凜が怖がるからもうちょっと優しく聞いて。それに、さっきも言ったでしょ？　凜は了承したって」

「黙っててくれ。俺は彼に聞いてるんだ」

理沙子はハラハラしながらも口を閉ざす。

凜はパチパチと長い睫毛《まつげ》を瞬《しばた》かせると、少し俯いてから抱えていたホワイトボードを持った。悩みつつペンを動かし、書き上げたものを高槻に向ける。

『ここは空気がきれいで静かです。とてもいいところだと思います』

表情は変わらなかったが、まるで叱られるのを恐れるかのように、そのボードはおずおずと差し出された。けれど確かに、そこにはまぎれもなく、彼のささやかな希望が表れていた。

そのボードに書かれた『希望』を目にしたときに、高槻の心は決まった。凜が初めて高槻に向かって表した心の声が、決して姉の気持ちを慮《おもんぱか》っての社交辞令ではなく、本心からのもののように感じられたからだ。

「いつからこっちに来られる？　それに合わせて俺も休みを取るから、君達の都合で決めてくれ」

高槻の承諾の言葉に、理沙子は瞳を見開く。驚いている。なんとかして頼み込む覚悟では来たが本当のところ、頑固な高槻がこうも簡単に無理難題を聞き入れてくれるとは思っていなかったのだろう。

「あっ、次の休みは五日後だから、よければその日で……」

あわててバッグから出した手帳を確認し、理沙子はもう一度不安げに高槻の顔を見た。

「士郎さん……本当に、いいの？」

「そう言ってる」

遠慮がちに口にされた確認の問いかけに、高槻ははっきりと返す。

理沙子の肩から力が抜け、頭が礼をするようにわずかに下げられた。

「あの……ありがとう……」

夫婦だったときは礼など言ったことのなかった元妻は、視線をそらし小さく早口でつぶやいた。

礼を言ったことがなかったのは、高槻も同じだ。理沙子に対してでも、誰に対してでも。

慣れない言葉をかけられ何と答えたものかわからず、

「五日後だな。時間は後で連絡してくれ」

と、高槻は理沙子から顔をそむけ先に立ち上がった。店を出る前に振り向いて見た凜は、仮面のような笑顔のままじっと座っていた。

五日後も、今にも降り出しそうな曇天だった。前回会った喫茶店で理沙子から凜を引き取り、高槻は自分の車に乗せた。

別れは東京を出るときに済ませてきたのだろう。懸念していたような愁嘆場はなく、凜はおとなしく高槻についてきたが、車に乗ってからもバックミラーをじっと見つめていた。そこには自分の車に戻ろうとせず、見送ると言ってその場に立ったままの姉が映っていた。

ミラーの中の理沙子の姿が小さくなり消えたところで、細かい雨粒がフロントガラスを叩《たた》きはじめた。と、思う間もなくそれは大粒に変わり、見る見る横殴りに吹き付けてくる大降りになる。ワイパーをハイにしても、雨は滝のように窓を伝い落ちる。

慣れた道とはいえ、舗装されていない濡れた山道の運転は快適とはいえない。ましてやそろそろ日も落ちかけ、暗くなりはじめる時間帯だ。

この土地に移り住むまで高槻は、真の闇というものを知らなかった。二十四時間光の洪水に溢《あふ》れた都会では、部屋の明かりを消してもブラインド越しに外のネオンが室内の情景をほのかに浮かび上がらせていたからだ。

だが、この地は違う。人工の明かりはまったくなく、夜になれば月や星の微かな光だけが頼りだ。ましてやこんな雨の日は、日が暮れれば前も後ろもわからない深い闇に閉ざされてしまう。一番近い隣人の家ですら五百メートル先の山中の一軒家では、完全な闇と静寂、そして孤独に耐えられる人間でなければとても暮らせない。

越してきた当初は、心身共に頑強な高槻ですら漆黒の闇に押し潰されそうになり、不安感に襲われたりもしたものだが、今やもうすっかり慣れた。慣れてしまえば闇はむしろ心地よく、都会の喧騒《けんそう》のない静けさが好ましくすら思える。

しかし、まだ思春期のただ中な上、人より繊細な心を抱えている彼は、いきなりの環境の変化に耐えられるのだろうか。

助手席をチラリと窺い見た。凜はもうバックミラーを見てはいない。まっすぐ目を前に向け、じっと座っている。揃えた膝の上にきちんと両手を乗せ、背筋を伸ばしたままぴくりとも動かない。口元には変わらぬ微笑。

東京の人間にとっては木々に囲まれた山奥の風景は珍しいだろうに、凜はサイドガラスに張り付いて景色を追うこともなく、前方に投げた視線をまったく動かさない。風景を見ているというのでもなく、流れていくそれをガラス玉めいた大きな瞳にただ映しているだけといった感じだ。

まるで等身大の人形を乗せているような不気味さに高槻の胸はざわめき、わずかに眉を寄せてしまう。

（思ったより、厄介なことになりそうだな……）

今さらながら後悔がふつふつと湧《わ》き上《あ》がり、高槻は重い息をそっと逃した。

車に乗ってから一時間、互いにひと言も口をきいていない。高槻はもともとおしゃべりでも気を遣う方でもないし、見知らぬ他人と二人きりになるのは気詰まりなタイプだ。それに凜と会話をしたければ、その膝の上に置かれたホワイトボードをいちいち見なければならない。雨の山道を運転中に、それは到底不可能だった。

「あと二、三分で着く」

さりげなく横目で様子を窺いながら、それだけ言った。まったく動きのなかった綺麗な顔が、高槻の方を見ずにコクッと頷いた。

反応があるからには、人形ではない。ちゃんと生きているということだ。

それを再認識した瞬間、安堵よりも負担が両肩に重くのしかかってきた気がした。

妻である女とすらうまくいかなかったものを、どうして他人と同居しようなどという酔狂な気持ちになったのだろう。半年、と切られた期間が無限の長さに感じられてくる。

道というにはあまりにも荒れた未舗装の山道を木の根に乗り上げながら走り抜けると、森のはずれに中二階建てのログハウスが見えてきた。都会では見かけないその趣のある家が目に入っただろうに、凜の表情には変化がない。

高層マンションから一転し、高槻の現在の住まいは以前別荘として使われていたこぢんまりとした木の家だ。しばらく使う者もなく荒れ果てていた山奥の一軒家を、捨て値同然で買い取り自分で改装したのだ。下水道は敷設されているが電力は自家発電、それでも不自由はない。

　ほとんど幽霊屋敷レベルのものをまともに住める状態にするまではかなり手がかかったが、その甲斐《かい》あってなかなか居心地のいい城になった。ダイニングキッチンと居間の他に部屋は三つあり、それぞれを作業場、寝室、納戸として使っている。広くはないがロフト状になっている納戸の雑物を作業場に移し、そこを凜の部屋にするつもりだった。この五日の間に準備しておいてもよかったのだがなかなか時間が取れなかったため、本人に手伝わせてお客ではないということをわかってもらうのもいいかと思っていた。

　到着したときには、空はだいぶ暗くなっていた。車から旅行バッグ一つだけの荷物を降ろさせ、凜に自分で運ばせる。納戸を片付けるのを手伝うよう言うと、凜は嫌な顔一つせず頷き高槻に従った。

　狭く急な木の階段を上がったり下りたりして荷物を移す作業を、高槻に指示されながら凜は黙々と手伝った。森閑とした家の中に、久しぶりに人の声が響いた。もっともそれはああしろ、こうしろ、と指示する高槻の声だけで、凜はボードを持つ間もなく立ち働いていただけなのだが。

　従順だし一生懸命なのは伝わるのだが、小柄な彼は非力な上に敏速でも器用でもないようだった。両手いっぱいの荷物を抱え階段を上る途中で三度ほどつまずいては転びそうになり、したたか膝を打ちつけていた。それでも痛そうな顔も疲れた顔もせず、張り付いた微笑のまま作業を続ける姿は、命令をインプットされた小綺麗なアンドロイドのようで、高槻の目にはひどく異様に映った。

片付けが終わったときにはすっかり日は落ち、雨もいつのまにか止《や》んでいた。高槻はダイニングキッチンのテーブルに軽食を用意して、部屋の隅にじっと立っている凛を振り返った。

「おい、こっちに来て座れ」

促さなければ、いつまでもそこに突っ立っていただろう。凛はパチパチと目を瞬かせると、示された椅子におとなしく座る。緊張しているのか、高槻とは目を合わせようとしない。

独り暮らしの期間も長かったので一応自炊はできるが、料理にまったく興味がない高槻はいまだに凝ったものは作れない。しかし、理沙子も似たり寄ったりだったはずだ。仕事も忙しかったのなら夕食はスーパーの出来合いの惣菜《そうざい》だっただろうし、贅沢は言わせない。

「ここでは飯の文句は言うなよ。ご馳走《ちそう》は出してやれないからな。今日はこれで我慢しろ」

レトルトのカレーライスの皿を押し出すと、凛はぺこりと頭を下げてスプーンを取った。

働いて空腹だったのだろう。年相応の若者らしさを取り戻し、パクパクとたいらげていく様子を見てホッとする。よかった、ちゃんと生きてるじゃないか、などと当たり前のことを思ってしまう。

誰かと向き合ってテーブルにつくのは何年振りだろう。どうにも居心地の悪さを禁じ得ない。人と打ち解けるタイプではない高槻にとっては、口がきけないとはいえ他人が一つ屋根の下にいるだけで、ひどく気詰まりに感じられる。だからといって必要のないとってつけたような世間話で会話を繋《つな》ぐ気もなかったし、人のことを詮索するのも自分がされるのも嫌だった。

黙々と食事を終えると、高槻より早く凜が立ち上がった。白いボードにサラサラと何か書き付ける。

『かたづけやります』

そう書かれていた。二人になってから、凜が自ら『発言』したのはそれが初めてだった。

高槻は頷き、空になった皿を凜の方に押しやった。

「頼む。俺は風呂を沸かしてくるから」

それだけ言うと、高槻は逃げるようにキッチンを出た。

浴室に入るとホッと肩の力が抜けた。自分のテリトリーに他人を入れることは、思いのほか心に負担がかかるようだ。だが、今さら追い返すわけにもいかない。

たかだか半年だ。理沙子が言っていたように手のかからなそうなおとなしい少年だし、慣れてくれれば彼が常にそばにいることを自然に受け入れられるようになるかもしれない。

（猫を飼うようなもんか……？）

さすがにそれは凜に対して失礼か、と思いながらも、その顔立ちがなんとなくすました仔《こ》猫《ねこ》に似ている気がして、らしくなく頬が緩みそうになった。

ヒノキの浴槽は大きくていい香りがする。天窓からは夜空も見える。マンションの狭苦しい風呂よりは快適なはずで、きっと彼も気に入るだろう。

別に喜んでもらう必要もないのに、仮面のように強張った顔が緊張を解き和らぐところを想像すると、高槻も悪くない気分になった。

いつもより念入りに湯船を洗い、浴槽に湯を満たしはじめたときだった。ガチャンという、何かが割れるような派手な音が台所から響いてきて、高槻は弾かれたように振り返った。そのままは湯を止め、浴室を飛び出す。

「っ……」

キッチンをのぞくと、凜が床に這《は》いつくばっていた。あたりに散らばるのは皿の欠片《かけら》だ。その口元からはさすがに微笑は消え、白く細い指が忙しなく破片を拾い集めている。

「馬鹿、やめろっ」

高槻の声に凜はビクリと肩を震わせ、振り向かないまま首を縮めた。それでも欠片を集めようとする手は止まらない。

「やめろと言ってるんだ！」

折れそうな手首を思わず摑《つか》むと、相手はギュッと目をつぶり体を硬直させた。摑んだ手は震えている。明らかに、高槻のことを怖がっている。

尋常ではなく本気で怯《おび》えているのが伝わり、高槻は戸惑いながら静かに話しかけた。

「違う、怒ってるんじゃない。おまえの手が傷付くと言ってるんだ。ほら見ろ、切れてる」

右手の人差し指と中指の先に血が滲んでいる。色が白いだけにその紅色は目立ち、ひどく痛々しい。

「こっちに来い」

下を向いたまま震えている凜の手首を、これ以上怖がらせないようにそっと取り、高槻は居間まで引っ張っていく。

怒っていないと言っているのに、相手はガチガチに固まったままだ。怯えきって縮こまる体をクッションに無理矢理座らせ、作業場から救急箱を持って来る。

「ほら、右手を出せ」

高槻は意識して、できるだけ穏やかな声で言った。凜は動かない。両手を握り締め胸の前に引き寄せたまま、じっとしている。

「手を、こっちに寄越すんだ」

高槻は根気強く、同じ言葉を繰り返す。口をきけない以外は正常だと理沙子は言っていた。言葉は通じているはずだ。

ようやく凜の手がピクリと動き、恐る恐る高槻の方に差し出された。高槻は緊張ですっかり冷えきったその手を取ると、血の滲んだ指先に消毒液を吹きかけ、絆創膏《ばんそうこう》を巻いてやった。

「染みるか？」

聞きながら窺い見た相手の表情に、高槻は驚く。凛は大きな目をポカンと見開き、治療される指先を呆然と見つめていたのだ。

一つの不快な想像が、高槻の胸に唐突に浮かんだ。もしかしたら彼は手を出したら逆に痛い目に遭わされると思い、躊躇《ちゅうちょ》していたのではないか。

「もう血は止まってるから大丈夫だ。痛みもそのうち引くだろう」

あり得なくもない想像にひどく不穏な気分になり、高槻は凛から離れ立ち上がる。

「片付けはいいから、風呂に入ってこい。出たら絆創膏を貼り直してやる」

凛はハッとしたように瞬き、あわてて周囲に視線を移ろわす。おそらく彼の『口』、ホワイトボードを探しているのだ。きっと皿を割った謝罪と手当ての礼の言葉でも書く気だろう。

「もういいから。早く風呂に入れ」

追い立てると、凛はしばらくもじもじとしていたがおずおずと高槻を見上げ、ぺこりと頭を下げた。そして手当てしてやった指を、大事そうに胸元に持っていく。

桜色の唇はほんのりと微笑を形作っている。その控えめな微笑がそれまでのとってつけたような笑みではなく、本来の彼のもののように見えて、高槻の胸は微かに揺れる。

——ガラス玉に色がついた。

そう感じた。高槻のバングルをじっと見ていたとき。そして、今。垣間見せる素の表情が、硬い膜で覆われた凛の心のやわらかい内側をのぞかせていた。

もう少し長く見ていたいと思ってしまった自分に戸惑い、

「ちゃんと温まれよ」

と、我ながららしくないことを言って、高槻はそそくさとキッチンへと逃げる。割れた皿を片付けていたら、先ほどきざした嫌な想像が再び浮かんできて、不快な靄《もや》が次第に心を覆っていくのを感じた。

もしも高槻の想像どおり凜が傷付けられることを恐れていたのだとしたら、きっと相手は理沙子ではない。おそらくその原因を作ったのは、理沙子の前に凜と一緒にいた人間に違いない。

少し大きな声を出しただけであれほど怯えるとは、彼は一体どんな環境の下にいたのだろう。手を出せと言えばお仕置きだと思う、そんな異常な場所でどれだけの年月を過ごしてきたのか。それこそ、声を失ってしまうほどまでに……？

（いや、俺には関係ないことだ）

高槻は首を振る。

そもそも他人のトラウマなんかに中途半端に関わりたくないし、凜の背景を知ったからといってどうしてやることもできない。半年という決められた期間、一時的に預かっているだけの関係なのだ。余計な好奇心は互いのためにならないだろう。

そう割り切り疑問を追い払おうとしても、傷付いた指をギュッと抱き締め震えていた凜の様子が頭から離れず、高槻は苛立つ胸を押さえ深く息を吐いた。

森の方で野鳥の甲高い声が聞こえた。やっとまどろみかけていた意識が、再び現実に呼び戻される。

そろそろ夏にさしかかる時期だというのに、どういうわけか今夜はひどく冷え込んでいる。昼の間中厚い雲に覆われ、冷たい雨が降り続いていたからだろうか。雨はすっかり止んだようだったが天窓の上の空は暗く、今夜は月も星も見えない。

枕元の蛍光時計で、高槻は時刻を確認する。一時半だ。この数日で思いもかけないことが重なって神経が昂《たか》ぶり、深い眠りがなかなか訪れてくれない。

別れた妻と数年ぶりに会って話し、その変貌ぶりに驚き、存在すら知らなかった彼女の弟を引き取り我が家へ連れて来た。一週間前にはまるで想像もしていなかった急展開に、気持ちはまだついていけていない。

高槻は眠る努力を放棄し上体を起こした。どうせ眠れないのだから、作業場に行って工芸品のデザインでも考えるかとベッドを下りかけ、ふと、今日半日共に過ごした少年の人形めいた横顔を思い出した。

(あいつ、ちゃんと眠れてるのか……?)

自家発電のため、節電で夜中は明かりを点《つ》けない。漆黒の闇に包まれるこの地の夜に高槻は慣れてしまい、今はむしろ光があると寝られないほどだが、凛はどうだろう。引っ越してきた当初は高槻でさえ、都会では味わえない真っ暗闇に底知れぬ恐怖を覚え、なかなか寝付けなかったものだ。

晴れた夜にはロフトの天窓から星が綺麗に見え素晴らしい眺めを堪能できるが、曇りの日は窓が近い分空が重くのしかかってくるような圧迫感がある。

また外で、鳥が女の悲鳴じみた鳴き声を上げた。

気になり出すと止まらなくなった。高槻は立ち上がってジャケットを羽織り、ベッドサイドにあった電池式のガラスのランプを取り上げた。スイッチを入れると、ほのかなオレンジ色の光が笠の外側に描かれた影絵を壁に映し出す。幻灯のようで美しい。

それを持ったまま室外に出て、廊下を挟んだ向かい側、ロフトのある部屋のドアを開く。ランプの小さな明かりはほんの周辺しか照らさないため、階段の上までは見えない。

眠っているかもしれない凛を起こさないように、足音を忍ばせ階段を上った。

「っ……？」

布団の上に凛の姿が見えず、高槻はあわてる。ランプを動かしてみると、狭いロフトの片隅に盛り上がった影が見えた。光を当てると毛布の塊のように見えるそれがガサリと動き、草むらに隠れたうさぎさながらの凛がおずおずと顔を出した。

毛布にくるまって膝を抱えていたらしい凛は、きっとひとりで震えていたのだろう。さすがに微笑みも失《う》せ、恐怖に強張り引きつった顔を見てわかった。

「馬鹿、怖くて眠れないとどうして言いに来ない」

気遣ってやれなかったばつの悪さをごまかすように、高槻は早口で言う。毛布の中から手だけ出し、凛は傍《かたわ》らに置いてあったボードを取り上げ何か書き付ける。

『起こしたらいけないと思って』

字は震えからか少し崩れていた。

高槻は嘆息し、うずくまった凛の脇にランプをそっと置いてやった。大きな瞳が微かに見開かれる。綺麗に彩色されたガラスの美しさに興味を惹《ひ》かれたようだ。

「点けたまま寝ていい」

そう言ってやると、凛はやや驚いたようにそろそろと高槻を見返した。

傷付いた指に絆創膏を貼ったり、暗い部屋に明かりを持って来たり、ごくごく普通のことをしているだけなのに、凛はいちいち控えめな驚きの反応を示す。もしかしたら彼にとっては、そんなことすら『当たり前』ではなかったのかもしれない。

「今夜は少し寒いだろう?」

慣れてしまっている高槻は、もうほとんど寒さは感じない。だが、大勢の人間が夜中まで活動し建物も混み合っているため常に温度が高い都会から来ると、地の底から這い上がって

くるこの地の寒さはこたえるに違いない。

高槻の問いかけに凜はいつもの微笑を浮かべて首を振ったが、しっかりと毛布にくるまっている様子を見れば嘘だとわかる。

「湯たんぽを作ってきてやる。待ってろ」

背を向けかけたとき、袖が引かれた。毛布から出た凜が、ランプ片手に見上げてくる。わずかに開かれた唇から声は出ないが、明かりを持って自分も行くと言いたいのがわかった。

「俺は暗い中でも目が利くから大丈夫だ。布団の中にいろ」

ふるふると、首が横に振られる。怒られたらどうしよう——そんな怯えを含んだ顔で。

高槻は首をすくめ、着ていたジャケットを脱ぐと凜の肩に着せかけた。相手が遠慮を見せそわそわするのを無視して手を取り、自分の腕を摑ませる。

「足元を照らしてくれ」

凜は頷くと、急な階段を下りる二人の足元に、言われたとおりランプを傾ける。ランプの笠に描かれた絵と一緒に、寄り添い進む二人の影が壁に映し出される。ずっとひとりで住んでいた家に、自分以外の人間の影が映るのは、高槻にとっては新鮮で不思議な感覚だった。

キッチンで湯を沸かし湯たんぽを作ってやるまで、凜は高槻の腕をずっと摑んだままでいた。触れられたその部分からほのかなぬくもりが伝わってきて、高槻は奇妙な安心感を覚える。そうやって他人に触れられること自体がもう相当久しぶりだと気付き、もしや無意識の領域でスキンシップに飢えていたのか、などと思って複雑に眉を寄せた。

「ほら、できたぞ。しっかり持ってろ」

居心地の悪いこそばゆさから逃れたくて、タオルにくるんだ湯たんぽを凜の胸に押し付けた。やっと腕から手を離した凜はしっかりとそれを抱え、弱々しく笑ってぺこりと頭を下げた。

いつも顔に張り付いている仮面めいた微笑よりは、その曖昧で気弱そうな笑顔の方が本当の彼に近いような気がして、高槻の胸は少しだけ和らいだ。

そのままロフトの下まで凜を送って、自分のベッドに戻り目を閉じると、ついさっき見たばかりの凜の淡い笑顔が浮かんだ。最後に向けてきたボードの『あったかいです』というあまり上手《うま》いとはいえない字を思い浮かべたら昂ぶっていた気持ちが落ち着き、高槻は自然に眠りに誘われていった。

＊

差し込んでくる朝の日差しに、瞼《まぶた》の裏が白くなる。目を開けると天窓から青空が見えた。今日は梅雨の晴れ間、昨日と打って変わっていい天気のようだ。

寝付きはよくなかったのに、気分はそれほど悪くない。大きく伸びをして冷たい空気を吸い込みながら、高槻は昨夜の凜の儚《はかな》げな微笑みを思い出した。

（あいつ、あれからちゃんと眠れたか……？）

こんな不便な場所に来てしまいほんの半日でうんざりし、何の不自由もない都会に戻りたいと、後悔してはいないかと心配になる。もっともそれならそれで、理沙子に迎えに来てもらうだけなのだが……。

湯たんぽをしっかり抱え、ランプを揺らしながら階段を恐る恐る上っていった頼りない後ろ姿を思い浮かべると、なぜだかあのままの状態で東京に帰したくないような妙な気持ちになってきて、高槻は我ながら困惑した。

着替えを手早く済ませ、向かいの部屋のドアを開けロフトをのぞく。まだ朝早く、眠っているのならそのままにしてやろうと思ったのだが、布団はきちんと畳まれており凛の姿はすでになかった。

キッチンや作業場を見て回る。いない。家の中のどこにもいない。

嫌な予感がした。もしかしたら夜中のうちにひとりで東京に帰ろうと出て行ってしまったのではないか。

「凛……」

胸がざわざわと嫌な不安感に侵されはじめ、高槻は初めて彼の名を呼んでいた。

「凛！」

家中に響く声で呼ぶが、本人は姿を現さない。

焦りが高まり外に駆け出た。早朝のまだ冷たい風が頬を打つ。

「凜、どこだ！」

声が木々を揺らす。この地に来てからこんな大声を張り上げたことなど一度もない。

家の周囲は鬱蒼とした森で囲まれている。東京に戻るつもりなら、その木々をかき分け道なき道を行かなければならない。そして誤って脇道に入ってしまったが最後、遭難する恐れも大いにあった。

高鳴りはじめる鼓動を抑えながら、木々が枝を鳴らす森の方に足を踏み出しかけたとき、家の裏手から近付いてくる気配に高槻はハッと振り向いた。

凜だった。こちらの心配も知らず、その顔は笑っている。それもいつもの仮面めいた微笑ではなく、ふんわりとどこか嬉《うれ》しそうに。

「おまえ……っ」

拍子抜けした高槻が口を開きかけたとき、見て、というように絆創膏を貼った細い指が裏の森の方を指した。その先では猫くらいの大きさの動物が、前足でガサガサと地面をかいている。狸《たぬき》に似ているが鼻筋が白い。

凜は大きな瞳を見開いて、その動きを見つめている。蠟人形さながらに固まった無表情も、びくついて怯える顔もすべて嘘だったかのような好奇心に満ちた眼差しで。

わずかに上体を屈《かが》めた凜が動物の方にそっと足を踏み出すと、その気配を感じたのだろう。

敏捷《びんしょう》な獣はパッと顔を上げ、近寄ろうとする人間を認めすっ飛んで逃げて行ってしまった。

凛は見るからに残念そうに肩を落とす。

高槻も安堵で全身の力が抜けた。勝手に出て行かれて遭難でもされたら、預かると言った手前理沙子に顔向けできないところだった。

（いや……安心した理由はそれだけか？）

自問し明確な答えが出せず、高槻は複雑に眉を寄せる。

それだけに決まっている。他に何があるというのだ。

「外に出るときはちゃんと言え」

過剰に大騒ぎしてしまったばつの悪さをごまかすように、高槻は渋面を作りわざとぶっきらぼうに言った。怒られたと思ったのか凛は体をすくめ、弱々しい視線を左右に移ろわせる。つかのまの生気を感じさせる表情がその叱責で消えてしまったことに落胆を覚えたが、こんな思いはもう真っ平だ。

「ここの森は慣れない人間は迷う。たとえ昼間でも勝手に入るな」

凛は下を向いたままコクコクと頷く。手が何かを探す素振りを見せたのは、おそらくホワイトボードだろう。家の中に置いてきて、今は持っていないらしい。

「うちに入れ。朝飯にしよう。おまえも作るのを手伝うんだ」

少し口調を和らげると凛はホッとした表情を見せ、恐る恐る高槻に近付いてくる。

怖がらせたいわけではない。だが、他人に優しく穏やかに接するなどというスキルは、高槻は昔から持ち合わせていない。会社勤めだった頃は仕事上必要とあらば愛想笑いを駆使したりもしたが、素のままで心から誰かに笑いかけたりしたことはなかった気がする。

目の前のやや怯えている凜と、先ほどの少年らしい好奇心を見せていた凜が重なる。透明なガラス玉が日の光を受けて一瞬だけきらめいたような、それは自然な顔だった。

もっと優しい言葉をかけてやれば、凜もまたさっきのような笑顔を見せてくれるのかもしれない。正直、見たいとも思う。だがどんなふうに言ってやればいいのか、高槻にはさっぱりわからない。

「さっきのはハクビシンだ」

あえて後ろを見ずに淡々と言った。

「狸に似てるがジャコウネコの仲間だ。このあたりにはたまにいる。夜行性だから、朝見かけるのは珍しいが」

返事がないためちゃんとついてきているのか気になって、チラリと肩越しに振り向くと、思ったよりも近くにいた凜とまともに目が合った。見開かれた相手の目は、もう怯えてはいなかった。普通に話しかけただけなのにどうやら驚かれたようで、高槻の方がうろたえてしまう。

キョトンとしていた瞳がほのかに嬉しそうに細められるのを目の端に捉《とら》え、高槻は妙に気恥ずかしくなって視線をそらした。

（どうも調子が狂うな……）

一つ屋根の下に他人がいるだけでも十分慣れないのに、凜は口がきけないということも含めて、高槻がこれまでつき合ったことのないタイプの人間だ。どう接したらいいのか皆目わからず困る。

「ゆうべは、あれからよく眠れたのか？」

沈黙が気まずくなって凜を振り向く。こうしていちいち相手の方を見なくては返事がわからないのも厄介だ。だが高槻が話しかけるたびに、無理に作ったような微笑がほんの少しだけ崩れるのを確認したい気持ちもあった。

凜はパチパチと目を瞬くとコクコクと頷き、何か言いたそうに手を動かす。ボードに書きたいことがあるのかもしれない。そんなとき、凜の小さな唇はわずかに開く。それを見るたびに、彼の心の声は本当は外に出たがっているのではないかとなんとなく思う。

彼の口であるあのボードをいつも持っていられるように加工してやろうか、とふいにひらめいた。そうすればきっと、『会話』もうまくいくようになるかもしれない。

急にそんなことを考えてしまった自分に高槻は戸惑ったが、半年間共に暮らすのだから意思の疎通は重要だと心の中で言い訳してみる。今さら特定の他人に興味を抱くなど、山奥で仙人のように暮らしてきた高槻にとってはあり得ないことだったのだ。

＊

理沙子から電話が来たのは、凛を引き取って三日目の朝だった。実際は前日の夜中にも一度かかってきており、忙しい彼女がそんなにすぐに何度もコンタクトを取ってきたことを、高槻は意外に感じた。

『あの子はどうしてる？』

開口一番に、理沙子は昨夜と同じことを聞いてきた。

「別に。普通にしてるが」

『普通って？　何してるの？』

「居間に座って、窓から外を見ている。昨日からずっとだ」

リビングの窓際にちょこんと座り、微動だにせず窓の外の景色を眺めている凛を携帯電話片手に横目で見ながら、高槻は答える。凛の口元には例の微笑みが浮かび、わずかにも動かないその姿は本当に人形のようだ。

『そう……』

電話の向こうで元妻は息をついたようだった。その溜息は安堵のようにも落胆のようにも聞こえた。

「あいつは……凛は君が仕事に行っているときは、家で何をしてたんだ？」

『テレビを観てたんじゃないかしら。私といるときもやっぱりじっと座っているだけだったから、よくわからないのよ』

この家にはテレビはない。退屈しているようには見えないが、同じ景色を一日中眺めているのが面白いわけがない。

『もしかしたらこっちにいるより、よくなるかと思ったんだけど……』

つぶやきのような声が届いてくる。その声からは凛を心から心配しているのが伝わってきて、預かっている身としては責任のようなものを感じてしまう。理沙子は思いのほか、転地療養に期待をかけていたのかもしれない。

『まだ三日だ。そんなにすぐに効果は表れないだろう』

『そ、そうよね……』

夫婦でいたときよりも普通に会話ができていることに、なんとなく奇妙な感じになる。凛のことを話す二人の間には、少なくとも昔のような冷ややかな空気は流れていない。

『士郎さん、凛を電話口に出してくれない？』

理沙子は昨夜と同じことを言った。ゆうべは夜中で凛はとっくに寝ていたため、代わってやることができなかったのだ。

「凛」

高槻が声をかけると、凛は張り付いた微笑みのまま振り向いた。

「姉さんからだ」

携帯電話を渡すとその表情はふわっと花が開くように明るくなり、初めて見るその笑顔に高槻は思わず目を奪われる。

凛は両手でしっかりと電話を握ると、巻貝の中の海の音を聞くように耳にそっと押し当てた。姉に何を言われているのか、コクコクと頷く横顔はほのかに嬉しそうだ。

ごく短い時間で二人の『会話』は終わり、凛はぺこりとお辞儀をして高槻に携帯を返してきた。

「何を話した？」

何か理沙子が特別凛を嬉しがらせるようなことを言ったのかと気になり尋ねると、

『高槻さんの言うことをよく聞いて、ご迷惑かけないようにねって言ったのよ』

理沙子は照れ隠しのように早口で答えた。

『それじゃ、もう切るわね。凛に何かあったらすぐ知らせて。私もまたかけるから』

高槻と話しても以前のようなささくれ立った空気を感じないことに、理沙子も当惑しているのだろう。何やら気まずげにそそくさと通話を切った。名残惜《なごり》しそうだった声の調子からすると、また間を置かずにかけてきそうだ。

「凛」

声をかけると彼はいつも肩をビクリと震わせ、背筋を伸ばし強張った微笑を向けてくる。まるで叱られるのを覚悟しているかのような反応に見え、そのたびに高槻の胸は不穏にざわつく。

「姉さんはなんて言ってたんだ？」

何も怒っていないということを伝えたくて、高槻はできるだけ穏やかに、静かに尋ねる。

凜はおずおずと、ホワイトボードの脇に差しているペンを手に取った。

今はボードは丈夫な革の紐《ひも》をつけられ、彼の首からかけられている。そうしていれば両手が空くし、いつでも『会話』することができるだろうと高槻がつけてやったのだ。

出来上がったのを首から下げてやったとき凜は控えめな驚きを見せ、革紐の感触を確かめるように何度も手で撫《な》でていた。その口元は彼がたまに見せる淡い微笑みを刻んでいて、高槻もなんとなくこそばゆいような気持ちになったものだ。

サラサラとボードに文字を書き付けた凜は、それを高槻に向けてきた。

『姉さんはだいじょうぶですって。なるべく早く迎えに行けるようにするからって』

高槻が読み終わったのを見計らって消すと、凜は新たな文字を綴《つづ》る。『槻』という字が書きづらかったのか、少し時間をかけてからボードが向けられる。

『高槻さんは信用できるひとだから、安心しておせわになりなさいって』

「本当か？」

思わず顔を見てしまうと、凛はもちろん、というようにコクコクと何度も頷いた。変に気を利かせておべっかをつかうような器用な真似はできなそうだ。理沙子がそう言ったというのは、きっと本当のことなのだろう。

「そうか……」

高槻はひどく驚いていた。

離婚前には夫婦仲は完全に冷えきってほとんど会話もなかったが、距離を置いてしばらく経《た》つからだろうか。高槻も今になってやっと、結婚していた当時の自分の非を認め、名ばかりの伴侶だった理沙子のつらさを思いやれるようになっていた。

様々な経験を経て互いに昔よりも成長し、関係もいい方に変わったのかもしれない。凛を預かることはそれに気付かされる、いい機会にもなった。

今は『信頼に値する人間』と思ってもらえているのなら、期待に応《こた》えられるよう尽力したいとは思う。過去、彼女を傷付けた過ちが、それで帳消しになるわけでもないだろうが。

「おまえは、姉さんが好きか？」

緊張した面持ちで高槻の言葉を待っていた凛は、その質問に顔を輝かせ、うんうんと二度大きく頷いた。ふわっとした笑顔に嘘はない。

「姉さんは忙しくて、おまえのことをあまり構ってくれなかっただろう。何しろ気が強い姉さんだからな。疲れてイライラしているときはひどく怒られたりしたんじゃないのか？」

直球で聞いてみると凜はもじもじと視線を移ろわせてから、ボードにペンを走らせ高槻に向けた。

『おれがなにもできなかったから悪かったです。ねえさんの負担になって』

こいつは自分のことを『おれ』と言うのか、という新鮮な思いと共に、『悪』と『負担』という二つの言葉が目に飛び込んできて、高槻の胸をチクリと刺す。

何も考えていない人形のようでいながら、凜は凜なりに苦しんでいたのかもしれない。自分が理沙子の荷物になっていると思いながら、身を縮めるように暮らしていたその様子を想像し、高槻はわずかに眉を寄せる。

高槻が顔をしかめたのを違う意味に取ったのか、凜はあわててボードを書き直す。

『でもねえさんは本当はやさしいです。むかしからおれを守ってくれて』

「そうなのか?」

凜はそうそう、というように何度も頷く。

『ねえさんは大好き。またいっしょにくらせるようになったときうれしかったです』

「そうか……」

嘘ではないのは、電話に出ていたときの表情でわかった。理沙子は凜のため、凜は理沙子のためを思って、離れ難いのを耐え一時的に距離を置くことを決断したのだろう。

「姉さんの生活が早く落ち着くといいな」

無意識に手が伸び凜のやわらかそうな髪に触れ、小さな頭を撫でるようにしてしまった。凜の瞳が大きく見開かれたのを見て自分のしたことに気付き、うろたえた高槻はすぐに手を引く。

自分のような威圧感のある大きな男にいきなり触れられて、また怖がらせてしまったのではと窺い見た凜は、そわそわと俯き、ボードを吊《つ》った紐をしきりと触っている。怖がっているふうには見えず、ひたすら反応に困っている感じだった。

「ところで、おまえは姉さんが仕事に行っているとき、何をしてたんだ？」

うっかり触れてしまったのをわざわざ謝るのもおかしいと思い、高槻はさりげなく話題を変えた。

『ザッシをみてました』

と答えが返ってくる。

「雑誌？　買ってもらったのか」

『ねえさんが会社からもらってきた』

そういえば、理沙子は出版社に勤めていると言っていた。

「テレビは？　あった方がいいか？」

もし欲しいなら小さなものを買ってもいいと思ったのだが、凜は首を横に振った。

『テレビは音がうるさいからおこられるので』

「ん？　姉さんに怒られたのか？」

高槻の問いに、凜はハッとしたように表情を強張らせ俯き、小さく首を振った。

理沙子ではない、ということだろうか。では誰が、と考えたら、またもやもやとした不快なものが胸に湧き上がってきた。

『テレビ』で何かを思い出してしまったらしく、またマネキンに戻ってしまった凜を見下ろしながら、高槻は余計な話題を振ってしまったことを後悔する。少なくとも、凜にとってテレビにいい思い出はないらしい。

だがここには凜が楽しめるゲームどころか、気の利いた雑誌の一冊もない。そうなると凜はこれからも、居間の隅に座って窓の外をぼんやり眺めていることになる。ここ三日間そうしていたように。

本物の人形ならいいがちゃんと心のある彼が、何を思いながら日がな一日窓の外を見つめているのかと思ったら、なんだかやりきれない気持ちになった。

「凜……ちょっと外に出てみるか」

半年間、あまり深く関わらず距離を置いて接しようと思っていたはずだったのに、強張った無表情を見ていたらついそんなことを言ってしまっていた。自分にこんなおせっかいな一面があるとは、高槻自身も思わなかった。

凜はおずおずと顔を上げる。高槻の意図がわからないのか、困惑した表情だ。

「おまえ、山歩きをしたことなんかないだろう。森は空気も澄んでいるし気持ちがいいぞ」

もともと大きな凜の瞳が目いっぱい開かれ、ポカンとした顔になる。いつもの控えめな驚きより、さらにわかりやすいはっきりとした表情だ。どこかひきつった不自然な笑顔が消えるたびに、高槻はホッとする。

「森の中は少し冷えるから、何か上に羽織ってこい。すぐに出かけよう」

促すように言ってやると、凜はコクコクと頷き、自分の部屋の方に早足で戻って行った。


鬱蒼と茂る木々の間から真っ青な初夏の空が覗《のぞ》き、日差しが光の筋となって地面に落ちている。一昨日《おととい》の雨で足元はやや湿り空気もひんやりしていたが、降り注ぐ日にはぬくもりがあり過ごしやすくて気持ちがいい。

自分から離れるなときつく言って高槻は凜を連れ、道ならぬ道をゆっくり歩いていく。

高槻にとっては日常の見慣れた風景でも、凜にはそうではなかったらしい。最初は硬くなっていたが山に分け入っていくうちに、木々に囲まれた景色をぐるぐると首を回しながら見上げはじめた。

「深呼吸をしてみろ」

高槻が促すと、凜はスーハーと小さく肩を上げ下げした。控えめすぎる深呼吸に高槻は苦笑する。

「もっと深くだ」

凛は笑ってしまいそうなほど真剣な顔になってからゆっくりと息を吸い、ゆっくりと吐き出した。空気にもおいしい・まずいがあることに初めて気付いたのだろう。やや驚いた顔がそっと高槻を見上げてくる。

「体の中から悪いものが出て行くような気がするだろう?」

凛は頷き、続けて何度も深呼吸をする。

「おっと……」

あまりにも急に冷たい空気を取り込みすぎてか、ふらっとした背を支えてやると、凛はパチパチと瞬きながら恥ずかしそうに口元をほころばせた。

「っ……」

その自然な笑顔に目を奪われたのをごまかすように、高槻はあえて仏頂面を作る。

「転ばないように気を付けろよ」

素直に頷き、凛は一歩一歩注意しながらついて来る。

はじめのうちは高槻の反応をいちいち窺いおどおどとしていたのが、次第に緊張が解けてきたのが見ていればわかった。そのうち凛は瞳をきらめかせ、茂りはじめた葉を手に取って見たり、しゃがみ込んで足元に咲いている白い花をつついたりし出す。ハクビシンを見つけたときと同じ、少年らしい顔で。

落ちている葉っぱや花びらを拾い上げた凜が、持って行っていいか、というように見上げてきたので頷いてやると、その口元をふんわりと優しい笑みが飾った。高槻の胸はまたしても、こそばゆいような感じに騒ぐ。

凜はまるで、繊細で壊れやすいガラスだ。その姿や表情を見ていると、透明なトンボ玉が浮かんでくる。無色透明な玉に、ごくたまに、本来の凜がうちに抱いているのだろう感情の綺麗な色がつく。そしてそのたびに、高槻の心は知らなかった感覚に揺らされるのだ。

(何なんだ、これは……)

自分でも覚えのない感情に高槻は戸惑ったが、あえて意識しないように表情を整えた。

「凜、木の根元にきのこが生えてるぞ。ほら、そこだ」

高槻が指差した先に野生のきのこの群れを見つけ、凜は小さな口をわずかに開けて近寄っていく。

「それは食べられるきのこだ。採ってこれに入れるといい」

きのこの丸い笠をおっかなびっくり指でちょんちょんとつついている凜に、高槻は持参した紙袋を差し出した。おずおずと受け取る凜の隣にしゃがみ、折り畳みナイフを取り出し、

「こうするんだ」

と根元から切ってみせてやる。

「やってみろ」

拾った葉っぱや花びらをまずその袋に入れさせてから、ナイフを小さな手に握らせてやる。

最初はおろおろと戸惑っていた凜も、あまり器用とはいえない手付きで小さな刃物をきのこの根元に当てる。

「力はあまり入れないでいい。そのまま……そうだ」

見ているとどうも危なっかしくて、高槻が手を添え助けてやった。その手に触れた瞬間、凜はわずかに緊張したようだったがすぐに力は抜け、代わりにほのかなぬくもりが伝わった。

自分には必要ないと思っていた温かさが、それほど不快なものではないことに高槻は気付く。

高槻の手を借りて無事にきのこを狩り取った凜は大事そうにそれを紙袋に入れ、そわそわしながらホワイトボードを取った。書かずにはいられない、といった表情だ。サラサラと長めの文を書きつけてから、高槻に向ける。

『きのこをとったのははじめてです。葉っぱや花をひろったのもはじめてです』

恥ずかしそうに笑む顔に木漏れ日《こもび》が当たり、やわらかく輝いている。やはり思い切って、家から連れ出してみてよかった。

安堵したのにどんな顔をしたらいいのかわからず、もどかしいような想いを抱えながら高槻は凜から目をそらす。人慣れしておらず感情表現が下手《へた》なことに関しては、高槻も彼といい勝負だ。

「うちに植物図鑑がある。気になるものがあったら採って帰って、調べてみるといい」

意識せずややつっけんどんな口調になってしまったが、窺い見た凜はほんわりと微笑んだまま何度も頷いていた。

(思ったより、悪くないのかもしれないな……)

たまには誰かがそばにいるのも、と、頼りないがあどけないその笑顔を見ながら、高槻は思った。心の中に浮かんだ透明なガラス玉には、今桜の花びらのようなほのかな薄桃色がついていた。

＊

凜を預かってから一週間、職場であるガラス工房の方には無理を言って休みをもらっていた。だが、そういつまでも甘えているわけにもいかなかった。

森へ連れて行ってから、凜は拾ってきた落ち葉や花やきのこを植物図鑑で調べたり、高槻が与えてやった紙に葉っぱを貼ってしおりを作ったりしていた。

仕事に行っている間はおとなしく待っていろ、と言えば、凜はそのとおりしただろう。だが、高槻がいなくなってすることもなくなった彼が、また居間の隅に座り窓の外を眺めているのかと思ったら気になってたまらず、工房に一緒に連れて行くことにしたのだ。

とはいえ、他人の凜を同行させることには抵抗がないでもなかった。

これまで東京での暮らしを聞かれても一切口にしたことのない高槻が、いかにも訳ありな見知らぬ人間をいきなり連れて行けば、工房の仕事仲間も何事かと思うに違いない。それに凜を仕事中どこか隅にでもいさせてもらうつもりなら、どうしたってある程度事情を説明しなければならなくなる。

しかしだからと言って、凜を家にひとりで置いておくのはやはり心配だ。何につけても不器用な彼が慣れない家で何かやらかさないかということよりも、今頃どうしているのかと気になってしまう高槻自身の感情の方が問題だった。帰宅して、もし凜の姿が消えていたりしたら、朝急に彼がいなくなったときのような不穏な心持ちにまたなるのかと思うと、正直不安だったのだ。

他人と一緒に暮らすとは、こういう不可解で厄介な感情を引き受けるということなのだろうか。面倒で、扱いづらく、だがどこか心が和らぐ、それはしがらみだった。

凜を家に置いていくとすると昼食を用意しておいてやらねばならないが、工房にいればいつも頼んでいる出前の弁当を一緒に食べられるから世話がない。そんなもっともらしい言い訳を見つけ、高槻は彼を車に乗せ、家から三十分の工房に連れて行った。

いかにも曰《いわ》くありげな東京からの流れ者で一切自分のことを話そうとしなかった高槻を、何も聞かずに雇ってくれた工房の主・富永泰三《とみながたいぞう》は、事情を聞いても皺《しわ》めいた強面を崩さなかった。しかし、『遠縁の子』と紹介された凜がホワイトボードに書いた行儀のいい挨拶を見せると、わずかにその厳しい目を見開いた。

「すみません、親方。こいつは口がきけないんです。なので、家にひとり置いておくのも心配で……」

なんと説明したものかと迷いながら言い訳する高槻を、富永はまっすぐ見据える。

「おまえが親戚の子の面倒を見る気になるとはな」

滅多なことでは動じない富永の声には、珍しく驚きの響きがあった。それも道理だろう。気安い工房の仲間とですら容易に打ち解けない、謎めいた素性の一匹狼《おおかみ》だった高槻が、親戚とはいえ他人と暮らしているというのだから。

答えに窮していると、富永は凜の方を向いた。

「坊主、おまえ耳は聞こえるのか」

凜が頷く。いかにも頑固一徹の怖そうな職人といった風情の富永に怯えているようだったが、例のマネキンみたいな微笑をかろうじて顔に張り付かせ耐えている。

「ならいい」

富永はひと言ぼそっと言って背を向ける。凜がなぜ口がきけないのか、理由を詮索してきたりはしない。

「危なくない所にいさせろ。士郎、おまえが責任持って見てやれ」

ガラス工場の方に向かって行く後ろ姿に、高槻は黙って頭を下げる。もうとうに七十歳を超えているのにまだかくしゃくとしている現役の背中は、金策に走り回りあちこちに頭を下げまくっていた父親の弱々しい猫背とは対照的で、常に高槻を安心させる。

凜を見た。表情はすっかり固まって、人形の微笑のままだ。知らない場所に連れて来られて知らない人間に紹介され、緊張のあまり硬直してしまっているのだろう。

「凜」

声をかけると、ぎくしゃくと首をひねり高槻を見上げてきた。ガラス玉のような瞳は感情を映していない。

「おとなしくしていられるな?」

高槻の問いかけに凜はパチパチと目を瞬くと、コクリと従順に頷いた。

工房で働く人間は、富永と高槻を除くと四人だ。富永の娘の祐子《ゆうこ》と婿養子で跡継ぎの英介《えいすけ》、地元の若者の木下卓《きのしたたく》と熊谷好恵《くまがいよしえ》。四人とも気さくで感じがよく、寡黙で仏頂面の富永と高槻の分まで十分賑《にぎ》やかな連中だった。

「ええっ、なんですか、この子?」

「ちょっとぉ、なんか可愛くない?」

凛が自己紹介のボードを見せると、祐子と好恵は大喜びしながら凛を囲い込んだ。

「よろしくよろしく！　あたしは好恵っていいます」

「おばちゃんは祐子だよ。よろしくね、凛ちゃん！」

女性二人は面白がって、猫の子か何かのように珍客をつつきまくる。びっくりしたのか凛の強張りもさすがに解けたようで、今はただ目をぱちくりさせている。女性という生き物は皆理沙子のように、毅然《きぜん》と気取っているものだと思っていたのかもしれない。

『おばちゃん』というにはまだまだ若く見える四十四歳の祐子と二十五歳の好恵は、二人ともふくよかな丸顔で愛想のいいところが姉妹のようで、工房内に温かくなごやかな雰囲気をもたらしてくれている。トンボ玉の教室が人気を保っているのも、この二人のおかげだ。

「士郎君、大変だねぇ。人ひとり預かるって、やっぱりいろいろあるだろうから」

そう言ったのは、富永の一番弟子で婿の英介だ。ふっくらした妻の祐子と対照的に、英介はひょろりとした眼鏡のインテリ風の男だ。マスオさんの典型といった穏和な性格と人のよさは、商社で肉食系の人間ばかりを相手にしてきた高槻を最初は苛つかせたが、今ではそのゆったりした温かさを心地よく感じるときが多い。

「いや、もう大人ですし、口がきけない以外は手がかからないので。すみません、英介さん。迷惑かけます」

「けどあれっすね。士郎さんが誰かと同居なんてびっくりっすね。もしや、よっぽどのワケアリなんすか?」

まったく悪気のないあっけらかんとした卓の興味津々の問いかけを、英介が「ちょっと、卓君」とたしなめる。

「ああ、別にいい。まぁずっとってわけじゃないから、俺もとりあえず承諾したんだ。あいつはおとなしくて邪魔にならないしな」

二人とも頷くが、納得した顔ではない。これまで世間話程度にでも己のテリトリーには一歩も踏み込ませなかった頑なな高槻が、遠縁の子とはいえ誰かと同居する気になったことがどうにも腑《ふ》に落ちないのだろう。

「士郎君、凜ちゃんは私達が見てるよ。いいよね?」

祐子が早くも凜の腕を取り、トンボ玉作りの作業場の方へ引っ張って行こうとしている。

「あ、ですが……」

「大丈夫ですよぉ、士郎さん、そんな心配しなくとも。危なくないようにちゃ〜んと見てますから」

からかうような調子で好恵に言われ、高槻は渋面になる。人にわかられてしまうほど、心配そうな顔になってしまっていただろうか。

「凜」

呼びかけると、凜はおずおずと振り向いた。女性達のなごやかな気に当てられたのか仮面の微笑は今は緩んで、不安げな顔が素直にのぞいている。

「迷惑かけないようにしろよ」

コクリと小さな頭が頷いた。そして、大丈夫ですと言うように、桜色の唇が高槻に向かってほのかな笑みを作る。その微かな表情の変化は、高槻の胸をほんのりと安堵で包んだ。


『富永ガラス工房』はガラス製造の工場兼工芸品作りのメインの工房と、トンボ玉やアクセサリー制作のための小さな作業場が隣り合っている。工場の方は主に男三人の、作業場は女性二人の担当だ。

高槻の工場での主な仕事は、トンボ玉用のガラス棒作りだ。ガラスの原料となる珪砂《けいしゃ》に色を出す金や銅を混ぜ込み、まずは炉で溶解する。溶けて熱したガラスの玉を棒に刺し、レールの上に伸ばしていく棒引きという作業の後、均等に切断していけばガラス棒の出来上がりだ。

千度の熱で十数時間熱せられたガラスは危険だし、かなりの重量のそれを引き伸ばすのも相当な力がいる。また均等に伸ばさなければ歪《いびつ》な棒になってしまう。

生き馬の目を抜く商社の最先端で世界を股《また》にかけた仕事をこなしてきた実績は、ここに来た当初はなんの役にも立たなかった。この一見単純な棒引き作業を完全にマスターするまでには、何事も器用にこなす努力家の高槻ですら相当な期間を要した。その作業一つで高槻は自分の根拠のない思い上がりを叩き壊され、今まで築き上げてきたものをすべて捨て、原点に立ち戻ることを余儀なくされたのだ。

最年少の卓よりも後に入ってきたがゆえに、高槻は工房で一番下っ端と見なされた。英介や卓は申し訳なさそうにしていたが、富永は高槻に作業場の清掃などの雑用もすべて行うよう厳しく命じた。おそらく、ここに骨を埋《うず》めたいという高槻の本気を試していたのだと思う。

商社マンだった頃の傲慢な高槻なら、その待遇に納得いかず楯突《たてつ》いたかもしれない。しかし何一つ持たずに新たな人生を志しそこにたどりついた身には、その環境の変化はむしろ新鮮だった。

そして高槻自身にも、ガラス工芸品制作の才が備わっていたのは幸いだった。生来の器用さとセンスに加え、人一倍努力する堅実で負けず嫌いな性格もよい方に働き、今では厳しい富永もガラス棒作りは完全に高槻に一任している。

昨年からはトンボ玉を使ったアクセサリー制作にも参加し、空き時間には雑貨店に卸す花瓶や水差しを作らせてもらえるほどになった。富永に言わせれば売り物にするにはまだまだのレベルだが、手をかけて自分だけの作品を作り上げるという、商社マン時代には味わえなかった充実した時間を、今の高槻は満喫していた。

この工房で働きはじめてからは、一日の時間があっという間に過ぎていくのを感じる。九時から六時までの作業時間はとても短く、夜通しでも続けられそうな気がしてしまう。

サラリーマン時代も時は矢のように過ぎていったが、一日を終えた後に残るのはただの虚しい疲労感だった。ここでの作業は、空っぽだった心をじんわりと満たし豊かにしてくれる。つまらない足の引っ張り合いも、見栄の張り合いも絡まない、純粋に作品と向かい合い自分の内面を見つめ直す時間。それは手をかけ作り上げたガラス製品のように透明で混じりけのない、美しいひとときなのだ。

「士郎君、先に昼入っていいよ」

英介に声をかけられ、高槻は額の汗を拭き手を上げて応えた。

いつもは作業中雑念が入る余地はまったくないのに、今日だけは違っていた。

凛のことが気になっていた。

祐子と好恵に任せておけば安心だとは思っていても、何しろ凛の精神状態は普通ではないのだ。些細《ささい》なことで怯えてしまう彼が知らない人間に囲まれて、完全に感情を凍らせてしまうことだってあり得るかもしれない。途中何度か様子を見に行きたくなったが、過保護に思われそうでどうしてもできなかった。

昼食を取る休憩所に入っていくと、凛は祐子と好恵の間にちんまりと座って仕出し弁当をつついていた。そのリラックスした顔を見て高槻の肩の力は一気に抜け、過度の心配は取り越し苦労だったことを知る。

「祐子さん、好恵さん、申し訳ない。面倒かけませんでしたか？」

「全然大丈夫だよ。おとなしくて可愛い子だよね。顔すごい整ってて、こっちは目の保養させてもらってるよー」

「凛君って東京人のわりには、観光名所全然行ったことないんですって。スカイパークの話、聞きたかったんだけど」

「スカイパークくらい行きたいよねぇ？」

ちよだスカイパークは東京駅近くに完成したばかりの超高層ビルだ。オフィスやホテル、高級ブランドのテナントなどが入った複合施設で、最高層の展望台から臨む眺めは絶景らしく連日多くの人で賑わっていると、世情に疎い高槻でも耳にしたことはあった。

祐子の問いかけに、凛はちょっと恥ずかしそうに彼女を見返しコクッと小さく頷いた。お愛想には見えない。もしかしたら以前読んでいた雑誌にでもビルのことが載っていて、興味を持っていたのかもしれなかった。

「士郎君、凛ちゃんもっと家のこととかさせてほしいって言ってるよ。居候の身分だから、迷惑かけたくないんだって。健気《けなげ》じゃない」

「まさか。祐子さん、どうやってそいつがそんな話を……」

「どうって、これ使って普通に何でも話せるじゃないよ」

祐子は何を今さらとでも言いたげに、凛の首からかけられたホワイトボードを示す。

「凛ちゃんは聞けばなんでもこれで答えてくれるよ？　士郎君、もっと相手してあげなよ」

「士郎さんは寡黙が売りのクールな男ですから～。でもいつも難しい顔してるから、もしかしたら凜君もちょっと怖がってるんじゃないですか？」

「いくら硬派なイケメンだって、今は『男は黙ってサッポロビール』の時代じゃないよ、士郎君」

女性群に好き放題言いまくられながら、高槻は彼女達に内心感心してしまう。高槻が一週間ずっと一緒にいても聞き出せなかったことを、あっさりと言わせてしまうのだから。

凜を見る。なんだかんだと二人に構われながら、はにかんだ微笑を浮かべおいしそうに弁当を食べている。

（まったく……俺にはこんなにすぐには馴染《なじ》まなかったじゃないか）

そう思ってから、勝手に湧き上がってきたやきもちじみた感情に首を傾《かし》げてしまった。拾った仔猫が自分よりもよその家の人間になついて甘えているのを見るような、そんな面白くない気持ちに我ながら困惑する。

だが確かに二人に指摘されたとおり、コミュニケーション不足だったのは否めないので、高槻は一言もなく複雑な顔で黙り込んだ。

「士郎さん、凜君ってトンボ玉が好きみたいなんですよ」

好恵の言葉に、そういえば、と思い出す。初めて会ったとき、トンボ玉をあしらった高槻のバングルを見て、凜の表情が変わったことを。凜が素の顔を見せたのは、あれが最初だった。

「キラキラして綺麗なものが好きなんですって。トンボ玉、作らせてあげてもいいですよね？」

「駄目だ。危ないだろう」

間髪容《い》れず却下すると、祐子も好恵もキョトンと目を見開く。女性達にまじまじと見つめられ、高槻は必要以上にむきになってしまったことを恥じ、あわててつけ足した。

「大体ここは遊び場じゃないんだ。好恵さん、君も仕事の手を止めてそんなことしてる暇ないだろう。それにそいつは不器用だから、細かい作業は無理だ」

「うわぁ、なんかホントに保護者だねぇ」

「過保護すぎですよぉ。ねぇ凜君？」

祐子と好恵は顔を見合わせクスクスと笑い、高槻はさらに憮然《ぶぜん》としてしまう。

真ん中の凜はというと、もう笑ってはいなかった。弁当を食べる箸を止め俯いてしまっている。しまったと思った。おそらくまた、高槻に怒られたと勘違いし、萎《しぼ》んでいるのだろう。

高熱のバーナーを使う一瞬の気も抜けない作業をさせるのを危ないと思ったのは本当だが、実のところ凜が自分以外の人間になつくのが面白くなかっただけなのではないか。そう思ったら、狭量な自分に対してひどくむかついてきた。

居心地の悪さに、一気に弁当をかきこんで席を立つ。

「凜、二人の邪魔をするなよ」

あえて凛から目をそらし、高槻は休憩所を後にした。

これではまるで子供だと、自分で自分に呆《あき》れてしまう。心に深い傷を負っているらしい凛が、他人と触れ合い交流を深めるのは喜ぶべきことに違いない。それなのに、一体何が面白くないというのか。

他人に頼られるとか、他人の世話を焼くといったことには縁のない人生を送ってきた。凛という危なげでか弱い存在をいきなり手元に置くはめになり、自分より弱い誰かを守るという立場を強いられて、柄にもなく妙な保護欲に目覚めてしまったとでもいうのだろうか。

(馬鹿馬鹿しい……俺らしくもない)

苦い顔で十分もしないうちに仕事に戻って来た高槻を、英介と卓は怪訝《けげん》そうに見つめてきたが、仕事に没頭するふりで視線をかわした。だが頭の中には、先ほど見た凛のはにかんだ微笑が浮かんでは消えている。

散歩に連れて行ってから、初日よりはかなり馴染んでくれた気がするが、凛は高槻といるときはまだ緊張しびくついていることが多い。植物図鑑を開いているときは消えている仮面の微笑も、高槻がいきなり話しかけたりするとまた口元に張り付いてしまう。

(もしかしてあいつ、男が苦手なのか?)

その可能性は大いにありそうな気がした。

いずれにせよ高槻も、凛のあのわざとらしく作った笑顔は見ていたくない。痛々しさに胸がざわついてくる感じがするから。だからといって、どうしたら例の微笑を消してやれるのかはわからない。

祐子と好恵に挟まれてほんわかと笑っていた凛の可憐《かれん》な素の顔は、追い払おうとすればするほど高槻の頭にチラついては集中力を乱し、仕事の手を止めさせた。


初めての場所に行きたくさんの人と接し、すっかり疲れてしまったのだろう。帰りの車内でも帰宅してからも、凛はマネキンの微笑を浮かべたままほとんど動かなかった。工房に連れて行ったのは失敗だったのではと、高槻は気が気ではなくなった。

どうにも会話の糸口を摑めないまま夕食を終えると、凛が食器を片付けるために席を立った。初日に皿を割って指を傷付けたにもかかわらず、その仕事だけは譲りたくないようだった。

今度こそ失敗できないと思っているのか、凛はいつもの微笑の中にも真剣さを滲ませ、一心不乱に食器を洗っていく。基本的に不器用なため、手を滑らせ食器同士を音高く触れ合わせる場面が何度かあったが、ゆっくりと時間をかけて無事すべてを洗い終えた。

高槻は、その小さな背中をじっと見つめていた。コミュニケーションが足りないと女性達に言われたことがひっかかっている上に、このままでは昼食の時からずっと高槻が怒っていると思われていそうで、面倒だとは思ったが覚悟を決める。

話し合わなければ、歩み寄れない。

「凛、終わったらこっちに来て座れ」

所在なげに佇《たたず》んでいる背に声をかけると、凛はビクリと肩を震わせた。やはり、まだ怯えられているようだ。

「少し話したいだけだ。大丈夫だから、そこに座ってくれ」

もじもじしていた凛はボードを両手で持つと、今まで食事をしていた椅子に行儀よく腰かけた。

改まって向かい合うと、いざこれから会話します、といった雰囲気になりぎこちなさが増し、さらに居心地が悪くなってくる。商社マン時代の営業トークなら考えずともすらすら出てきたのに、対個人のプライベートな会話能力となるとまったくもって人並み以下な自覚はある。しかもこの山奥にこもってからは、工房の人間以外とろくに話したこともない。

だが、このままだんまりを続けていてもわかり合えないどころか、半年間気詰まりな空気を払しょくできないまま過ごすことになりかねない。それに何より最近の高槻は、凛の心のままの素直な顔をもっと見たいと思うようになっていた。ハクビシンを見つけたときや、夢中になって葉や花を拾っていたときのような、瞳を輝かせた彼本来の笑顔を。

祐子と好恵は、ホワイトボードを介して凛とちゃんと『会話』していた。自分だってできないはずがないと思ったら、おかしいくらい気合いが入ってきた。

「今日はどうだった。疲れたか？」

そうは思っても、なごやかな雑談のスキルなど、高槻は持ち合わせていない。一緒に暮らしはじめてまだ一週間目では、共通の話題もない。結局、今日の出来事がメインになってしまう。

それでも凛は高槻に普通に話しかけられたことが意外だったのか、瞳をわずかに見開くとあわててボードを手に取った。

『いいえ。楽しかったです』

そう書かれていた。

工房にいたときのリラックスした表情を思い出す。気を遣っているわけではなく、おそらく本心なのだろう。高槻はとりあえずホッとする。

「これからも俺が仕事している間、あそこでおとなしく待っていられるか？」

凛ははっきりと頷いた。強張っていた表情が少し緩んできているのがわかる。

「それと、おまえ祐子さんに家のことを手伝いたいと言ったんだったな。それは本当か？」

これも、大きく頷く。そして改めてペンを取り、キャップについているボード拭きで表面を撫でると、新たな字を書き付ける。いつもそうして会話してきたせいか、凛は字を書くのはとても速い。

『食器のかたづけのほかにも、なんでもやります』

「他に何ができるんだ。皿もまともに洗えないヤツに」

冗談で言ったつもりだったのだが、いつもの仏頂面ではそうは受け取られなかったらしい。凛がしゅんと肩を落としたのを見て、高槻はしまったと苦い顔になる。昔は仕事で外国人相手に気の利いたジョークだって言えたのに、本来の口下手な自分に戻るとこのざまだ。

『たまに手がふるえて、いろいろあまりうまくできません』

凛はそう書かれたボードを見せてから、『ごめんなさい』と下に書き足した。

「手が震える？　どうしてだ」

ハラハラと視線を左右に移ろわせる様子はどこか不安げだ。しばらく考えてから『わかりません』と書かれたボードが向けられる。

しゃべれないのと同じで、精神的なものなのだろうか。難しい顔で黙り込んだ高槻を見て、凛はあわてて新たな字を書き付ける。

『でもがんばります』

「がんばらなくていい」

高槻の答えに、凛は悲しげに目を伏せるが、

「おまえのできる範囲でやってくれればいい。掃除と洗濯は手伝えるか？」

と、続けた言葉にびっくりした顔を上げ、嬉しそうにコクリと頷いた。

（なんだ……本当にちゃんと、会話できるじゃないか）

高槻はおかしいくらい入っていた肩の力が抜けるのを感じた。

たとえ実際に響く声は高槻のものだけでも、凜の心の声はボードを介して届いてくる。こうしてもどかしいくらいゆっくりとコミュニケーションを重ねることで、互いの距離が近くなっていく気がして、高槻はホッと息を吐いた。

その緩んだ空気が伝わったのだろう。凜もつられてホッとしたのか、ほわっと曖昧に笑った。それは高槻が見たいと思っていた、本当の彼の笑顔だった。

「いつも……そんな感じで笑ってればいいんだ……」

つい、心の声がこぼれ出てしまった。凜がキョトンと目を見開くのを見て、ばつが悪くなり視線をそらす。

「おまえの、いつもの笑い方はどうも不自然だ。なんとなくわざとらしいぞ。ああやって笑ってろと、誰かに言われたのか？」

不躾《ぶしつけ》すぎる質問だとは思ったが、相手の気持ちを気遣って遠回しに尋ねるやり方など高槻は知らない。

直球の問いに、凜は視線を伏せ俯く。

『ごめんなさい』

向けられたボードに眉を寄せる。

「怒ってるんじゃない。気になるだけだ」

凛はペンを持ったままためらっている。答えたくないなら無理しなくていいと言おうとしたとき、手が動いた。

『笑ってないと、しんきくさい顔するなと怒られたから』

思わず目を見開く。

「まさか、理沙子にか？」

そんなはずがない。当然首は激しく横に振られた。

『お父さんだったひと』そう書いてから、凛は『お母さんの恋人の』とつけ足した。凛の母の愛人だった男のことだ。母親が死んでからも、確か凛の面倒はその男が見ていたはずだ。

触れてはいけない場所にうっかり手を突っ込んでしまったような、苦い感覚が高槻を襲った。黒雲めいた不快感が急に胸に込み上げてくる。

おそらくその男に辛気くさい顔をするなと言われ、凛は笑いたくもないのに無理に笑顔を作っていたのだろう。いまだにそのろくでもない命令が体に染み付いて、自然な表情を作れなくなっているのだ。

重たい空気が場を圧し、うすら寒い感覚が背筋を走る。

「おまえ、トンボ玉が好きなのか？」

嫌な空気を払いたくて意識的に変えた話題に、凛は俯けていた顔をそろそろと上げて高槻を見た。

「好恵さんに見せてもらったんだろう？　気に入ったのか？」

繰り返し、穏やかに問うと、虚ろだった大きな瞳に光が戻り、凜はコクリと恥ずかしそうに頷く。

「工房は仕事をする所だ。祐子さんと好恵さんに迷惑はかけられない。もし作ってみたければ、俺がうちの作業場で教えてやる。それでいいか？」

目と口が丸く開く。凜はポカンとしていた。何を言われたのか理解できないと、その顔は言っている。

「嫌か。祐子さんと好恵さんの方がいいか？」

もう一度尋ねると、凜はそわそわとペンを取った。

『高槻さんにおしえてほしいです』

書くのに時間がかかったのは、『槻』という字が彼にとっては難しく、書きづらかったからだろう。確か前に書いたときもそんなふうだった。

「士郎でいい。ひらがなで」

そう言ってやると、凜はもう一度ボードを引き寄せてから書き直し、高槻に向けた。

『しろうさんにおしえてほしいです』

ボードを向けてから、凜はふわりと照れくさそうに笑った。思わずつられて口元を緩めてしまいそうになり、高槻はあわててしかめ面を作る。一瞬心が揺れたのをごまかすように、我ながらわざとらしく咳払いをし席を立った。

「いいものをやるから、作業場に来い」

ややつっけんどんに言って、高槻は後ろを見ずに廊下を歩き出す。背後からは遠慮がちな足音がついてくる。

作業場の扉を開け明かりを点けると、ロフトの荷物を移動させたときのままになっている乱雑な部屋が浮かび上がった。ここで凜にトンボ玉作りを教えるとなると片付ける手間が増えるが、不思議と面倒くさいとは思わなかった。

凜は入口で突っ立ったまま、なかなか作業場に入って来ようとはしなかった。ここには勝手に入るなと初日に言い渡されたことを、律儀に覚えているのだろう。

「何をしてる。早く入れ」

高槻に促され、凜はやっとおっかなびっくり足を踏み入れる。

「危ないものも置いてあるから、俺がいないときにはひとりで入るなよ」

釘を刺してから、高槻は隅に置いてあった二十センチ四方程度の箱を取って凜の前に置く。蓋《ふた》を開けてやると、不安げだった瞳が見る見る輝き出す。中には色とりどりのトンボ玉が、きらめきを放ちながら詰め込まれていた。

「失敗作だ。気に入ったのがあったら持って行け」

模様や色がうまく出なかったり、形が歪《ゆが》んでしまったりしたものを、後でまとめて廃棄するつもりでその箱の中に入れてあったのだ。

凜は心底驚いた様子で、大きな目をパチパチさせながら高槻を見上げてくる。唇がわずかに動いている。いいのか、と聞きたいのだ。

頷いてやるとパッと笑顔が弾け、高槻の胸は再び不可解な感情に揺さぶられた。これまでも仮面が取れたと思う瞬間はあったが、こんなにもはっきりとした笑顔を見たのは初めてだった。

凜は高槻の動揺には気付かず、細い指で一つずつ大事そうに玉を持ち上げ目の前に持っていく。そのたびに唇から、感嘆めいた溜息が漏れる。

これまであえて見ないようにしてきた凜の顔を、彼の注意がそらされているのをいいことに高槻は改めて見つめた。儚げな危うさと無邪気な純朴さが同居する、不思議な魅力を持つ横顔は美しく可憐だ。

高槻にとっては、凜の存在そのものが唯一無二のトンボ玉のようだ。普段は無色透明なただのガラス玉なのに、光の当たる加減で心地よい彩りを見せたり華やかに輝いたりする。そしてその変化は、おかしいくらい高槻の心を震わせる。

他人に執着することなどまったくなかった高槻にとって、いつまでも見ていたいと思わせる人間は稀《まれ》だ。なぜ目の前の少年にこれほど惹き付けられるのか自分でもわからず、高槻はひどく戸惑う。

凜は、そんな高槻の視線には無頓着で、不良品のガラス玉に夢中だった。なかなか意中の玉を選べないようだ。どれも気になるらしく、とりあえずキープした玉で空いていた左手がいっぱいになってしまっている。

「凜、箱ごとおまえにやるから、部屋に持って行っていい。好きなだけ見てろ」

数十分経ったところで辛抱強く待っていた高槻が音を上げると、凜はさらに顔を輝かせ大きく何度も頷いた。そして高槻を振り向くとやわらかく笑い、桜の花びらのような唇を動かす。

——ありがとう。

唇は、確かにそう動いた。

今にも声が聞こえてきそうな気がして、しんとした静けさの中高槻は思わず耳を澄ませてしまう。

凜の声はどんな感じだろう——初めてそんなことを考えた。そしてできればいつか、その声を聞きたいと思った。

＊

凜を預かってから、早くもふた月が経とうとしていた。その間にうっとうしい梅雨の季節

は過ぎ去り、鮮やかな夏の青空が取って代わった。アスファルトの照り返しにあぶられる都会の暑さほどではないが、爽やかな中にも眩しい日差しは強く、外にいると汗をかくようになった。

「凜……凜、どこだ?」

さっきまでいたキッチンに姿が見えず窓の外をのぞくと、箒《ほうき》で庭を掃いていた凜がパッと振り向きふわっと笑いかけてきた。来たばかりの頃のようにビクリと肩を震わせ、マネキンめいた微笑を向けることはもうほとんどない。

そしてその淡くあどけない笑顔を向けられるたび、高槻の胸は相変わらずこそばゆいような不可解な感情に揺らされていた。そんなときは自分がどんな顔になっているのかわからず、ことさら意識して厳《いか》めしい表情を作ってしまうのが常だった。だが、凜も最近では仏頂面の高槻が別に怒っているわけではないとわかったのか、必要以上に怯えなくなっていた。

「今朝はそのへんにしておけ。飯ができたぞ。家に入れ」

ふんわりとしたやわらかい笑顔を直視できず、早口で言って背を向け高槻はキッチンに戻って行く。

今日は凜が庭掃除をしたいと申し出たので高槻が朝食を担当したのだが、いつもは二人で協力して作っている。高槻は人に構わず独自の考えで動く方だが凜は意外にも空気を読む方で、一人のときよりも仕度はスムーズに運ぶ。とはいえ二人とも料理は苦手で、毎朝トーストと目玉焼き程度の簡単な食事になってしまうのは仕方ない。

洗面所で手を洗ってきた凛が、テーブルに皿を並べるのを手伝いはじめた。そのやわらかい微笑みを、高槻は横目で窺いながら思う。

(随分と慣れたもんだな……)

もちろん凛だけではなく、自分もだ。

はじめのうちは他人が常に同じ空間にいる状況になかなか馴染めなかったはずなのに、このところ凛が隣にいるのが普通になってきた。彼がしゃべらずおとなしいせいもあるかもしれないが、今では姿が見えないと物足りない気分になるほどだ。

気楽な独り暮らしが長かったため、他人に気を遣うわずらわしさがまったくないと言ったら嘘になる。だがむしろ最近では、驚きに満ちた日々が新鮮で心地よくすら感じられる高槻だ。

「今日は昼から曇るそうだぞ。降るかもな」

食卓につき、いただきますと手を合わせてから、構えず自然に話もできるようになってきた。ボードを介しての会話にも、今ではすっかり慣れてきている。

『雨ふりますか?』

いったんフォークを置き、サラサラと文字を書いたボードを凛が向ける。

「ああ、多分な」

凛は頷く。特にコメントはない。

二人の会話は長くは続かない。ぽつりぽつりと降る雨のように交わされる言葉のやり取りはまだぎこちなかったが、このふた月の間に確実に互いの距離は縮まっていた。

ある意味、高槻と凜は似た者同士なのかもしれない。二人とも、他人との距離をうまく詰められない。だからこそ、もどかしいくらいゆっくりと近付いていくその空気感がちょうどいいのだろう。

普通ならとっくに卒業している社交の第一歩を、今不器用同士の二人で練習しているといったところだ。

「そういえば、ゆうべ遅くに姉さんからまた電話があった」

『姉さん』のひと言に、行儀よくベーコンをナイフで切っていた凜がパッと顔を輝かせた。

「仕事が終わってからかけてくるので、どうしても夜中になるようだ。おまえは元気でやっていると伝えておいた」

凜は嬉しそうにコクコクと頷く。

理沙子は忙しい日々の中、三日に一度は必ず凜の様子を聞いてくる。そんなに心配なら時間を作って会いに来ればいいと思うのだが、会ってしまったら別れ難くなり、そのまま連れて帰りたくなるから我慢しているのだと言う。彼女なりに、生活が安定するまでは凜と会わない、と決心しているらしい。

そうは言っても本当のところは、凜のことが相当に気になっているのだろう。高槻が凜の様子を話してやると、電話の向こうで明らかに安堵する気配が伝わるのだ。

夫婦だったときはほとんど会話などなかったのに、今は定期的に話をしている。内容は凜のことばかりだが、結婚していた当時よりも今の方が理沙子と近付けたような気がするのも新鮮な驚きだった。

今の理沙子は、過去から脱却できず、うちに暗いものを抱えていた以前の彼女ではない。勤めている会社で正社員として採用され、弟と暮らすために日々がんばっている様子は、高槻の知っていた気位の高い妻からは考えられない。

そんなふうに彼女を変えたのは、やはり凜の存在が大きかったのだろうと思う。弟と再会できたことで、幼い頃持っていた優しく温かい気持ちが、彼女の中によみがえってきたのかもしれなかった。

人は、大切な誰かのために変われるものなのだ。

(俺も少しは、変わったか……?)

綺麗に切り分けたベーコンを小さな口に運ぶ凜をみつめながら、高槻は思う。少なくとも、他人のために何かをしてやりたいなどと、過去の高槻なら考えもしなかっただろう。

それも、その人間の笑った顔が見たいから、などという漠然とした理由では……。

向けられる視線を感じたのか、凜がちらちらと心配そうに高槻を窺ってきた。嬉しそうな笑いが消え不安が取って代わっているのを見て、高槻はあわてて目をそらす。

「今度は、凛が起きているうちにかけてこいと言っておいた。そしたらまたおまえも出てやれ」

そっと見ると、凛はホッとした表情でコクンと頷く。

――姉のところに、早く帰りたいと思っているのだろうか……。

そう思ったらなぜかわからないが、心に冷たい風が吹き抜けていくような感覚に襲われた。

(まさか、情が移ったのか？　この俺が？)

自問し、馬鹿馬鹿しい、と微かに首を振る。

猫でも三日飼えば手放したくなくなると聞く。それと似たようなものなのかもしれない。

凛を帰したら帰したでまた自由な独り暮らしに戻って、肩の荷が下りるはずだ。

食事を終えた凛が立ち上がり、皿を片付けはじめる。後片付けはもうすっかり彼の仕事になっている。最近の凛はそれ以外にも掃除や洗濯を日替わりで担当しているが、手が震えるせいもあるのか不器用なのは変わらず、結局何かと高槻が手伝ってやっていた。それがまた高槻にとって、意外にもいい気分転換になるのだ。

人にものを教えることなど面倒だと思っていたはずなのに、高槻から洗濯機の使い方を聞くおかしいほど真剣な凛の顔を見ていると、なんだか妙に楽しくなってくる。透明なガラス玉に色を加えていくような、それは新鮮な楽しさだった。

(楽しい、か……。最初は、とんでもないことを引き受けたと思ったのにな……)

こうなると、認めざるを得ない。今の高槻はごまかしようもなく、凜がいる日々を好ましいと感じている。

ボードに書かれたあまりうまくない『しろうさん』という文字を思い浮かべたら、心がくすぐられるようなこそばゆい感じになってきて、高槻は困惑しつつ席を立った。

「俺は洗濯物を干してくる」

せっせと皿を洗う背中に声をかけキッチンを出たところで、ガチャンと耳障りな音が聞こえ、すぐに踵《きびす》を返した。

「凜っ？」

細い肩がビクリと跳ね上がり、その全身が硬直したのがわかった。ただならぬ高槻の声を聞き、叱られると思ったのだろう。凜は石膏像《せっこうぞう》のように固まってしまっている。その足元には二つに割れたコップが転がっていた。

「大丈夫か？　ケガはしてないか」

怯えさせないように穏やかに話しかけるが、凜は動かない。

「凜……」

微動だにしない肩に高槻がそっと触れると、凜は一歩飛びのき、まるで『お仕置き』を待つように頭を下げる。ボードをしっかりと押さえた手がわずかに震えているのを見て、高槻は眉を寄せた。

「ケガしてないならいい。俺は別に怒ってない」

ゆっくりと言ってやると、強張った顔がおずおずと上げられた。さっきまでの自然な表情がすっかり消えてしまっていて、高槻は苦味を嚙み締める。

このふた月足らずで素の表情を見せてくれることがだいぶ増えてきたとはいえ、凜はまだ何かの拍子にマネキンの微笑に戻ってしまう。たとえば皿を割ったときや、洗濯物を地面に落としてしまったときなど、完全に硬直し心を閉ざす。彼の意思とは関係なく反射的にそうなってしまうようで、高槻は見るたびに痛々しさを感じていた。

「そのコップは古かったし、そろそろ捨てようかと思ってたんだ。工房で新しいのを作ってやる。おまえの好きな色で」

高槻の提案に、凜の緊張もやっと少し解けたようだった。引き結ばれていた唇に、人形めいた微笑が浮かぶ。

「それは危ないから俺が片付ける。おまえは洗濯物を干してきてくれるか？」

凜は取り繕った微笑のまま弱々しく頷くと、ボードを持ち上げ時間をかけて何か書き付けた。向けられたボードには震えてよれた文字で『もうこわしません。ごめんなさい』と書かれていた。それを高槻に見せるだけ見せて返事は聞かず、凜は逃げるようにキッチンを出て行く。

高槻は重い息をついた。

表面的にはうまくいっているとはいえ、凛の抱えている心の傷はとても深いようだ。東京の心療内科医は転地療養がいい影響を与えると言ったというが、そんなのはきっと一時しのぎだ。根本的な解決にはならないのではないか。

（一時的にでも気持ちが楽になれば、それでいいのか……？）

凛がここにいる期間はわずか半年なのだ。そんな短期間で心の傷を癒してやることまで、高槻ができるわけがない。

わかってはいるが、あの強張った微笑みを見るたびに心が疼《うず》き、なんとかしてやりたくなる。それは、一度預かったからには責任を持ちたいという義務的なものとはまた違った感情で、その正体のわからなさが常に高槻を戸惑わせていた。

自分の中にそんな不可解な感情があるとは思ってもみなかった。とても面倒で、厄介で、ときに苦しくなるような複雑な感情。だがなぜかそれは手放したくないもののように高槻には感じられた。

簡単な掃除や洗濯を手分けして終えてから、いつものように高槻の車で一緒にガラス工房へと向かう。

今では工房の人間も皆、凛の存在にすっかり慣れてしまっていた。凛は日中はほとんど女性達と一緒に、トンボ玉制作の作業所にいる。最近では祐子に頼んで、片付けなどの雑用もさせてもらっているらしい。

用事がないときは、たまにガラス工場の方に顔を出しては好奇心に満ちた瞳を輝かせ作業を見学していく。ボウリングの玉ほどもある大きなガラス玉が伸ばされ、棒になっていくのが不思議らしかった。

随分硬さがとれてきたとはいうものの、やはりどうやら凜は男が苦手のようだ。高槻や富永はともかく、人当たりがよくいつもニコニコしている英介や、社交的でお調子者の卓に対してですらどこか身構え、怯えているところがあった。

男性群の陣地に来た凜に誰かが話しかけようとすると、彼はいつでも高槻の後ろにそっと隠れてしまう。そのたびになんとなく優越感のようなものを感じる自分に、高槻は大いに困惑していた。『凜君は士郎君を頼りにしてるんだねぇ』などと英介にからかわれるとさらにこそばゆく、どう反応していいのかわからず渋面になってしまうのだ。

何はともあれ、凜が工房を居心地のいい場所だと思ってくれていることは、高槻を大いに安心させた。工房では東京よりもゆっくりと時間が流れている。人と人との繋がりも穏やかで、温かい。

「凜、大丈夫か?」

今日は朝コップを割ってしまってから、なんだか元気がないようだ。車から降り工房へと向かう道で高槻が聞くと、凜はハッと人形めいた顔を上げコクリと頷いた。

その頼りない小さな頭に思わず伸ばしそうになった手を、高槻はすんでのところで引っ込める。硬くなっているときにうかつに触れると、凜はますます緊張してしまうのだ。

「今日もおとなしくしてるんだぞ」

なんと言っていいのかわからず、とりあえずいつもと同じ言葉をかけると、凜は高槻の方を見ずにもう一度顎を引いた。

「あ、士郎くーん、凜ちゃーん！　おはようー！」

工房の入口にいた祐子が二人に気付き笑顔で大きく手を振ってきて、凜の表情はようやく少し緩む。

「行って来い」

軽く背中を押してやると、凜はどこか危なっかしい足取りで祐子の方に駆けて行った。

工房に明るく優しい女性達がいてくれてよかったと心から思う。ずっと二人きりだったら凜も高槻も、互いを意識しすぎて気を抜けるところがなかったかもしれない。

今日一日祐子や好恵に可愛がられて凜が彼自身の笑顔を取り戻せるようにと願いながらも、ほかならぬ自分が凜に安心感を与えてやれないことをもどかしく感じる高槻だった。

冷却釜から取り出した一輪差しは、我ながら改心の出来栄えだった。予想外の成果を目にして、高槻は珍しく口元を緩める。

深みと透明感のある群青は、頭の中に漠然とイメージはありながらこれまでどうやっても出せなかった色味。全体に銀糸を散らしたような絵模様は雪景色を思わせる美しさだ。女性の体めいた滑らかな流線型も、目を惹かれる繊細なフォルムだった。

「へぇ、いいじゃない！」

後ろからのぞき込んできた英介が声を上げる。一見のほほんとした入り婿ではあっても、ガラス工芸家としての腕は確かだ。その才は都内の有名店から指名でガラス器の注文が来るほどで、卓などは英介に憧れ教えを請うためにこの工房に弟子入りした口だった。

人と争わない温和な性格だが、こと作品に関しては本当にいいと思わない限り決して認めない英介が、そんなふうに手放しで褒めてくれたのは初めてだった。

「いつのまにこんなに腕上げたの？　色合いも形もいいし、なんだか優しさがあるよ。これまでの士郎君の作品は、なんとなくどこか尖《とが》った感じだったけど」

「尖った、ですか？」

高槻が聞き返すと、英介は申し訳なさそうに頭をかいた。

「あ、気を悪くしないでほしいんだ。うん、ガラスの硬質な美しさみたいなのは出てたんだけどね。ほら、やっぱりこういうのは人が使うものでしょ？　いつまでもそばに置きたいっていうか、なんかそういうのが、これまではちょっと感じられなかったんだよね。でもこれなら、絶対に買い手がつくよ。ねぇ、親方？」

振り向くと、いつのまにか英介の後ろに師匠の富永が腕を組んで立っていた。相変わらず渋面を崩さず、じっと一輪差しを見ている。

「まぁ、悪くない」

今は一線を退き婿に工房を譲っているが、英介以上の著名な工芸家である富永がポツリと感想を漏《も》らす。この頑固な職人も、作品に対しての評価は相当厳しい。

「士郎、自分でどう思う？」

問われて答えに迷う。

高槻としては、特にいつもと違うやり方を試してみたわけではなかった。異なった点があるとしたらただ一つ、出来上がったら凛に見せたいと思いながら作ったことだ。コップではなく一輪差しになってしまったが、凛が見たら罪悪感を忘れて笑顔になってくれるかもしれないと、どこかでそう思っていた。

（馬鹿馬鹿しい。そんなことで、作品の出来が変わるわけがないじゃないか……）

高槻は心の中で否定する。

「坊主にも見せてやれ。坊主が気に入ったら、それは持って帰れ」

心を読んだようにそう言った富永が顎をしゃくった先には、なんと凛が立っていた。驚きに目を見開いて、高槻の手の中の器を見つめている。

「士郎君、もう上がっていいよ。外、なんか雨降り出したみたい。雷まで鳴ってるから、帰り気を付けて。凜君も、お疲れ様」

英介は高槻と凜の肩をポンポンと叩き、富永に続いて工房を後にする。

しばしポカンとしていた凜は、器から目をそらさずに、ふらふらと高槻に近付いてきた。

出来たら見せてやりたいと確かに思っていたはずなのに、こうしてまじまじと見られるとどうにも気恥ずかしい。

凜の細い指がそっと伸ばされ、一輪差しに触れた。どう思う、と感想を聞くのも気まずくて、高槻はわざと乱暴にそれを凜の胸に押し付けた。あわてて両手で受け取る凜の手に、車の鍵《かぎ》を一緒に握らせる。

「先に車乗ってろ。俺は後片付けしてから行く。雨が降ってるらしいから、足元気を付けろよ」

一体、何をうろたえているのだろうと、高槻は自分に呆れてしまう。

その一輪差しは別に、凜のために作ったわけでもなんでもない。ただ、彼が廃棄用の箱の中から特にブルーのトンボ玉を好んで選《え》り分《わ》けていたのを思い出したから、なんとなく蒼《あお》い色にしてみただけだ。気に入ったのかどうか、わずかな反応からでも知りたくなるなんてどうかしている。それも、富永や英介よりも、ド素人の凜の反応の方が気になるとは。

「ほら、早く行け」

呆然と突っ立ったままの背中を軽く押してやると、首だけで振り返った凛が高槻を見上げてきた。何かを語りかけてくる瞳。はにかんだような素の微笑を浮かべた唇が、わずかに開かれる。震える唇から今にも声が漏れてきそうで、高槻はひどく動揺した。

『照れくさい』というのは、こんな感情だろうか。凛はいつでも、高槻自身の知らなかった厄介な感情を引き出してくれる。うっかり心が震えてしまったのを知られたくなくて、高槻はさりげなく顔をそむける。

高槻の動揺には気付かない様子で、別におまえのために作ったわけじゃないぞと言い訳する間も与えてくれず、凛は一輪差しをしっかり抱き締め作業場を出て行く。高槻はその後ろ姿をそっと見送る。

凛のために作ったものではなかったが、凛に見せたいと思いながら作ったのならそれは同じことではないか。

ガラス器は人が使うもの——先ほど英介が言っていた言葉が思い出されてきた。誰かのために作った作品は、今までの自己満足なだけのものよりも明らかにいいものに仕上がった。これまでどんなに技巧的にうまくいった作品でも富永に認めてもらえなかったのは、そのあたりの意識が決定的に欠けていたからかもしれない。

もの作りの基本が、今日初めてわかった気がする。それも凛との交流がなければ、きっと気付けなかったことだ。

（あいつのおかげなのか……？）

山奥にひきこもってからの三年、高槻は自分だけを見つめ続けてきた。それは完全に閉じた世界で、いくら自身の中に深く潜り込んでいったところで、そこから新たな世界は広がっていかなかった。

だが、凛が来てから毎日が変わった。興味を持てる対象ができたことで感性も豊かになり、知らずに作っていた殻を破ることができたのかもしれない。

不思議な高揚感を覚えながら片付けを済ませ、富永達に声をかけてから高槻は外へ出た。なんだかとても充実した気分で足取りも軽かったが、急な夕立は思いのほか強く降っていた。稲光に続いて、体の底に響くような雷鳴が轟《とどろ》く。車を置いている工房の裏手の空き地までは百メートルの距離だ。傘を差すのはむしろ危険なので、一気に駆け抜けていくしかない。

舗装していないぬかるんだ道に足を取られそうになりながら走って行くと、前方に見えてきた愛車の手前にしゃがみ込む小さな人影が目に入った。

（凛？）

高槻は思わず息を飲む。

凛が出て行ったのは二十分も前だ。先に車に乗れと言ったのに、一体何をしているのか。

「凛！」

豪雨にかき消されまいと声を張り上げるが、凜は振り向かない。じっと地面に這いつくばったままだ。

「おい、一体どうし……」

高槻は言葉を失う。凜の周囲には宝石を散りばめたように、大小の蒼いガラス片が散らばっていた。それはさっきまで彼が大事に抱えていた、一輪差しの残骸だった。

雷に驚いたのか、雨に濡れて手が滑ったかして落としてしまったのだろう。運悪く下にあった大きな木の根株に叩きつけられたのか、器は完全に壊れ元の形をなしていない。

凜は顔も上げず、細い指で必死に破片をかき集めている。全身はびしょ濡れで服は泥だらけだが、構う様子もなく放心状態で。

最初の日に皿を割ったときの、傷付き血で汚れた白い指を思い出し、高槻はあわててその腕を摑んだ。

「やめろっ！」

強い力で振り払われた。凜の顔は真っ白で、表情はまったくない。驚きや悲しみを通り越して、完全に空白になってしまっている。今朝コップを割って『もうこわさない』と約束したばかりなのにと、繊細な心は相当なショックを受けているに違いない。

泥だらけの震える指は、細かい破片まですべて拾い上げようとしている。残らず全部集めれば奇跡が起きて、それが元通りになると信じているかのように。

「凛、もういい」

抵抗する体を無理矢理引き起こすと、首が激しく横に振られた。凛が高槻に対してこれほど強く抵抗するのは初めてだ。

「いいから車に乗れ！」

嫌がる相手を強引に引っ張って立たせる。

「キーは？」

パニックになっている凛は首を振り続けるだけだ。パーカーのポケットを探ると、車のキーはちゃんとそこに入っていた。

暴れる体を押さえ付け車内に押し込む。高槻自身もすばやく乗り込みシートベルトを締めると、飛び降りられてしまう前に車を発進させた。

高槻も凛も頭からバケツの水を被ったようにびしょ濡れで、足元にはすぐに水溜りができはじめる。夏だというのに凍り付きそうなほど寒い車内は、外の豪雨とは隔絶された静寂で満たされていた。

凛は一番大きな破片を、両手でしっかり持ったまま俯いている。血の気が失せた額に濡れた髪から水滴が伝う。

「また作ってやる」

なんと言って慰めてやればいいのかわからず、高槻はさんざん悩んでからやっとそれだけ言った。会心の出来だった器が壊れてしまったことに対する落胆は全然なく、ただ深いショックを受けている凜が、会ったばかりのときのような完全な無表情にまた戻ってしまうのではないかと、そちらの方が心配だった。

「そんなもの、いくらでも作れる。大丈夫だ」

凍った沈黙が凜をどこか別の場所に連れ去って行ってしまいそうで、高槻は繰り返す。

震える手が破片を離し、濡れたボードを取った。

『ごめんなさい』

とひと言、定まらないペンがほとんど判読できない文字を綴った。横顔を窺うと、白い頬を雨だか涙だかわからないものが伝っている。たまらず拭《ぬぐ》ってやりたくなったが、高槻は視界の悪い前方にあえて集中し、ハンドルを持つ手に力を込めた。

とにかく、ずぶ濡れになり冷えきってしまった体を温めることが最優先だった。じっと身動きせず俯いている凜を助手席から引っ張り降ろした高槻は、そのまま有無を言わさず浴室へと引きずっていく。

ヒノキの浴槽に湯を満たし、しっかり抱き締めたまま離そうとしない破片とボードを取り上げ、雫《しずく》をしたたらせている服を脱がせていく。抵抗する気力もない凜を手早く裸にすると、哀れなほど痩せた背を浴室の中へと押し込んだ。

「先に入ってろ。俺もすぐ入る」

凜の世話をやいているときは気付かなかったが、高槻自身も体の芯から冷え切っていた。急に震えが上がってくるのを感じ、濡れた服を素早く脱ぎ捨て脱衣籠に放り入れる。

浴室に入ると、驚いたことに凜は洗い場にぺたりと座り込んだまま膝を抱えていた。

「馬鹿、何やってるっ」

湯船から汲《く》んだ湯を頭からかけてやると細い肩がビクッと震え、凜は小さな頭をふるふると揺らす。

「凜、一輪差しを割ったことは俺はなんとも思ってない」

続けざまに湯をかけながら、高槻は振り向かない背に根気強く語りかける。

「あんなもの、いくらでも作れる。出来たら全部おまえにやるから好きにすればいい。だから、もう忘れろ」

涙を流してはいないのに、明らかに泣いているように見える彼をどう扱っていいのかわからず、高槻はひたすら湯を浴びせ続ける。せめて、体だけでも温まるように。

最初は、立ち上る湯気で見えなかった。高槻自身も冷静さを欠いていたため、目に入らなかったのかもしれない。熱気が吹き払われると異様なものが視界に映り、高槻は目を見開いた。

凜のか細い背中に、縦横に何本か筋が走っているのだ。最近ついたものではない。引《ひ》き攣《つ》れたその古い傷跡は、雪原のように白い肌を傍若無人に汚していた。

足元から嫌な感じが上がってきた。その傷がどういった原因で誰につけられたものなのか、聞かなくても想像がついたからだ。

だが今は余計な詮索をするより、冷えた体を温めるのが先決だ。

「凜」

肩に手を置くと、戻ってきたぬくもりが伝わった。凜はおどおどと振り向く。先ほどまでの空白の表情ではなく、弱々しいが微かに意思を取り戻した顔で。

「大丈夫だ。わかるな?」

繰り返すと、わずかに顎が引かれた。多少なりとも反応してくれたことで、高槻もホッと全身の力を抜く。

「とにかく、湯船に入れ。ゆっくり温まるんだ」

怯えさせないようにそっと腕を掴み、座り込んだ体を立たせると浴槽に入れた。

リゾート用に作られた別荘だけあって、湯船はちょっとした旅館の貸切露天風呂ほどの広さがある。男二人が入っても、十分脚を伸ばせる贅沢な大きさだ。

肩を押さえ付け湯に沈めてやると、心地よかったのか硬かった表情が少しだけ和らいだ。蒼白だった頬にも血の気が戻ってくるのを見て、高槻もやっと安堵し手脚を伸ばす。じんわりと熱が体に染み入ってくる。

広い浴槽の端と端に向かい合ったまま、高槻と凜はじっと動かないでいた。沈黙が静かに空間を満たす。

気持ちが落ち着いてくると、つい先ほど目にした痛々しい背中の傷痕が脳裏によみがえってきた。

あの傷をつけたのはおそらく、『辛気くさい顔をするな』と凜に命じ微笑の仮面をつけさせた、母親の愛人という男に違いない。理不尽な虐待は一体どれだけの間、この細い体に加えられていたのだろうか。想像するだけで、不快感と憤りで吐き気がしてきそうだった。

向かい側にちんまりとうずくまった凜を見る。凜が男と接するのが苦手なのは、おそらくその母親の恋人のことがあったからに違いない。

だがそうなるといくら転地療養がいいとはいえ、ここで高槻と生活することにはたしてメリットがあるのか疑問に思えてくる。むしろ騒々しい東京でひとり部屋にこもっていても、理沙子と暮らした方が凜にとってはよかったのではないだろうか。

(ここに来てよかったと、思ってくれているのならいいが……)

こうして凜が怯えたり、無表情になったりするたびに、高槻の自信はなくなっていく。

「どうだ。温まったか?」

問いかける口調も意識せず穏やかになった。凜は、湯の表面を見つめていた目をおずおずと上げた。

「もうそんな顔をするな。おまえがいくら落ち込んでも、壊れたものは元通りにならないんだから、時間の無駄だぞ」

弱々しく移ろっていた視線が高槻の顔で止まり、一瞬泣き出しそうにキュッと眉間が寄せられた。潤んだ瞳にじっと見つめられ、高槻は大いに戸惑う。無表情や強張った微笑よりはいいが、そんなふうに見返されたのは初めてで、凜の心が読めずただ困惑してしまう。

小さな唇が、また震えながら開かれる。凜は、何か言おうとしている。ただ、やはり声は出ない。

切なげな目を高槻に向け、頬を上気させ濡れた唇で何かを訴えようとしてくる凜に、視線が引き寄せられそうになり高槻はさりげなく顔をそむける。

二ヶ月もずっとそばにいたのに気付かなかった。いや気付いてはいたのだが、特別な感情を持って眺めたことがなかったのか。

こうして改めて見ると、凜はとても美しい。

凜のことを性的対象として見たことは、もちろん一度もなかった。いくら高槻の恋愛対象が同性だからといって、そういう相手として意識しそうだったら最初から預かったりしない。高槻にとって凜はまるっきり子どもで、いってみれば親戚の子を引き取るくらいの軽い気持ちだったのだ。

（どうしたんだ……しっかりしろ……っ）

ふいにきざした甘さを伴った感覚に動揺し、高槻は自分を叱咤する。

凜は今ひどく傷付いているのだ。いくら目の前の凜が湯気のベールに包まれ普段と違って見えるからといって、浮ついた気持ちになるなどどうかしている。

高槻は爪が食い込むほど手を握り込んだ。罪悪感と自己嫌悪の痛みが手のひらから伝わり胸を刺す。

湯面の揺れる気配に、頑強に目をそらしていた高槻はハッと顔を上げた。凜が動いたのだ。

「どうした？」

慎重に尋ねる。

大きく見開かれた目は何かとてつもない名案を思いついたような、そんな輝きに満ちていた。頬を染め、きらめく瞳を高槻からそらさずに、凜は肩まで湯につかったまま高槻の方へ這い寄ってくる。

「凜……？」

何をしたいのか見当もつかず、高槻はひたすら戸惑う。凜の両手は高槻の投げ出された両脚にかかり、軽い腰がまたぐような格好で乗り上げてきた。

もしや甘えたいのだろうかと、とっさに思った。だが、膝から太腿《ふともも》へと次第に這い上がってくる両手に明らかな意図を感じ、高槻は驚愕する。

「おい……っ」

声をかけても凛は反応しない。どこかぼんやりした表情のまま湯の底を――彼自身の手の動きをみつめている。そしていつもながらの不器用な動きで、小さな両手は高槻の腿をじりじりと上がってきた。

躊躇なく中心に触れようとしてくる指先に狼狽《ろうばい》し、高槻はあわててその手首を摑んだ。

「やめろっ」

凛は聞こえてもいないのか、摑まれていない方の手で高槻自身にそっと触れてくる。

「っ……」

全身が痺《しび》れたように震えた。認めたくはないが、それは何年も明確に感じたことのなかった淡い官能のきざしだった。

高槻の中心に手をやったまま、まるで感想を求めるように見上げてくる凛とまともに目が合った。

うっとりと膜のかかった大きな瞳。半開きになった紅《あか》い唇。脚に乗っている、肉付きはよくないがやわらかい尻の感触。

それらを意識しはじめると、もう何年も静まったまま難なくやりすごしていた欲望が湧き上がってきそうになって、高槻は焦った。

同性にしか惹かれない自分の性指向を、高槻は欠点だと思ってきた。他人にうらやまれる完璧な人生を歩むためには、その大きな『欠陥』は、高槻にとって一生隠し続けなければならない深刻な汚点だったのだ。

気になる男がいても想いを黙殺し、その男を思い浮かべながら無理矢理女を抱いた。そのうち、誰かを秘かに想うなどといった甘やかな感情自体が、高槻の中からは完全に消えていた。

ひとりで暮らすようになり、体を重ねる相手がいなくなっても不自由には感じず、渇望を覚えたこともなかった。自分の中にある性欲は、都会の垢《あか》と共に浄化されたのかもしれないなどと、勝手に思い込んでいたのだ。

だが今無垢な白い手に触れられて、明らかに体が反応しそうになっている。数年間誰とも交わっていないからといって、誰に触られても感じてしまうほど飢えているわけではないはずだ。

「やめろと言ってるだろうっ」

中心が明らかに変化してしまう前に、やんわりと高槻の根元を握ったままでいるもう片方の手首も摑んで引き離した。

凛の眉が痛みに寄せられる。思い切り摑んでしまったのに気付きあわてて力を緩めると、我に返ったのか凛は怯えたように目を瞬いて高槻から退《ど》き、浴槽の隅に逃げ体を縮めた。そのまま両手で膝を抱き、俯いたまま肩を震わせている。

まるで憑《つ》き物《もの》が落ちたように、いつもの臆病な凛に戻っている。

「凛……」

高槻が手を差し伸べようとすると、小さな体はビクリと震えた。

「大丈夫だ。怒ってるんじゃない。とにかく、もう出ろ。これ以上入ってるとのぼせる」

動揺を隠し、相手を刺激しないよう穏やかに話しかけると、凜は殴《なぐ》られるのを覚悟しているのかというほど、硬くつぶっていた目をそっと開いた。人間に痛めつけられるのに慣れきってしまった仔うさぎのような瞳が、許しを請い高槻を見上げてくる。

「心配しなくていいから、先に出て、服を着てろ。キッチンで湯を沸かしておいてくれ。すぐ飯を作ってやる」

ゆっくりと指示をしてやると混乱もやや収まってきたようで、凜はコクリと弱々しく頷き覚束《おぼつか》ない動作で浴槽から上がった。消えない痕の残った痩せた背中が痛々しい。そんな貧弱で哀れな体に欲情しかけた自分が、ひどくあさましく汚らわしいものに思えてくる。

凜が浴室から出て行くと、一気に全身の緊張が解けた。

（おい、冗談だろう……）

高槻は頭から湯をかぶり深く息を吐く。

瞼の裏に焼き付いた傷だらけの体。潤んだ瞳と、明らかな意図を持ってためらいなく性器に触れてきた指。それに反応しかけてしまった自分。

何もかもがショックだった。

衝撃と自己嫌悪で混沌《こんとん》としている頭を叩き、落ち着けと言い聞かせる。おそらく今、混乱し不安になっているのは、高槻よりも凜の方だ。

なぜ急に、凜がああした行動を取ったのかはわからない。だがその意味を考えるよりもまず、何も気にするなと、怒っていないと、何度でも言ってやりたかった。

このままた殻に閉じこもり仮面の笑顔しか見せてくれなくなったらと、想像しただけで心が冷えてくる。

ふいに襲った禁忌の衝動のことは、とりあえず考えまい。今はとにかく、傷付いた凜を労《いた》わってやりたい。

はっきりとそう思っていることに気付き、高槻は微かな驚きを覚える。ずっと利己的に生きてきたはずの自分が、今は自然に凜を優先させている。一時的に預かり、ほんの二ヶ月共に暮らしただけの少年を……。

(どうしたんだ、俺は……)

不可解な感情に、またしても心を乱される。だがその状態が決して不快ではないことを、高槻は認めざるを得なかった。

『どうしたのよ、あなたからかけてくるなんて。もしかして、凜に何かあった?』

三日置きに電話をしているのに、それを待たずにあえて高槻の方からかけてきたので悪い予感がしたのだろう。理沙子の声は不安を隠さなかった。

「いや、凛は大丈夫だ。元気にしてる」

『そう！　ならよかった。じゃあ何、わざわざ？』

「聞きたいことがある。あいつの……凛の過去のことだ」

高槻は電話の通話口に手を当て声をひそめる。

今電話をしているのは作業場で、凛のいるロフトの部屋からは離れている。声が聞こえてしまうはずはないのだが、話の内容が内容だけに気になってそうせずにはいられなかった。

「君と再会する前、凛は誰とどんなふうに暮らしてたんだ？　知っていれば教えてくれ」

電話の向こうで理沙子が黙った。ためらったり言いよどんだりするのは、いつでもきっぱりとした物言いをする彼女らしくなかった。

『どうして？』

質問で返してくる。できれば答えたくないという思いが、電話を通して伝わってきた。

「体が傷痕だらけじゃないか。あれはどう見ても普通じゃない。もしかして、虐待でもされてたのか？」

また間が空いた。

『……そんなこと聞いて、どうするの？』

「たとえ半年とはいえ、凛を預かってる俺には知る権利がある。そう思わないか？」

苦い沈黙が降りる。電話の向こうで、元妻は真実を話すのを明らかに躊躇している。

「安心しろ。預かると決めたものを無責任に放り出したりしない。ただ、知っておきたいだけだ。どうであれ、あいつの面倒はちゃんと見る」

本人以外から、凛の過去について聞き出すことに対しての迷いはあった。もしかしたら凛は、昔のことを高槻に知られたくないかもしれない。

だが、それでもあえて知りたい。心の痛みを共有することは難しいかもしれないが、せめてちゃんと体の傷の理由を知った上で凛に接したいのだ。

深い沈黙の後届いてきたのは、意外そうな声だった。

『驚いた……士郎さん、あなたがそんなことを言うなんて……』

高槻は思わず顔をしかめてしまう。さりげなさを装って何気なく聞くつもりが、どうやら完全に失敗してしまったらしい。妻である彼女にすら関心を抱かなかった高槻が、誰かのことをこれほど知りたがるなどと考えられず、理沙子も奇妙に思ったのだろう。

だが逆にその思いがけなさが高槻の真剣な想いを伝え、彼女の心を動かしたらしい。寸時のためらいの後、重苦しい声が聞こえてきた。

『私もよくは知らないの。あの子は何も言わないから。だけど、もしかしたらそういうことがあったんじゃないかとは思ってる』

予測していた答えだったが、その言葉は高槻の心にズシリと重くのしかかった。

『母が死んでから、凜が母の愛人だった男と暮らしてた話はしたわよね。その男はろくに働かず、収入はほとんどギャンブルと飲み代に使ってしまうようなろくでなしだったらしいわ』

想像していたとおりの話の流れに、胸がむかついてくるのを耐《た》える。

『住んでいたアパートの大家さん夫婦がいい人で、あの子のことをいろいろ気にかけていてくれてたんだけど、部屋からは毎日男の怒鳴り声や物がぶつかるような音が聞こえていたんですって。凜はいつもどこかに痣《あざ》を作っていたらしいの。あの子は一切話さないけど、暴力を受けていたのは確かみたい』

高槻は内心舌打ちした。

いまだに生々しく残る傷痕の数々。味方である姉にさえ何一つ語ろうとせずに、凜はひとりで心と体の痛みを抱えてきたのか。

『凜がちょっと口を開けば、うるさいと激昂《げっこう》して殴り付けてたらしいから。あの子がしゃべれなくなったのも、そのせいなのかもしれない』

そのせいに決まっている。ろくでなしの鬼畜は理不尽な暴力で、凜の声を、瑞々《みずみず》しい表情を、すべて奪ったのだ。

『結局その男が肝硬変で死んで、凜の唯一の身内である私が呼び出されたわけだけど……ひどい生活だったわ。アパートの部屋なんか、人間の住む所じゃないみたいで。私もショックだったわよ。昔は明るくてよく笑ってた弟が、壊れた人形みたいになってたんだから』

理沙子の声が遠く聞こえる。

凛が暴力男に殴られていたとき、高槻は虚飾を追いかけ無意味な仕事に奔走していた。苦しんでいる人間がどこかにいることなど思いやってみようともせず、他人にうらやまれる贅沢な暮らしを虚しく享受し、それが幸せというものなのだと勘違いしていた。

電話の向こうにいる元妻もきっと同じだっただろう。おそらくそれがわかっているがゆえに、彼女の声も今苦味を帯びているのだ。

また電話しますと言って理沙子が通話を切った後も、重苦しい痛みがじくじくと高槻の心を刺し続けていた。

酔った男にうるさいと怒鳴られ、傷が残るほど殴られる。そんな毎日の中で、凛はおそらく自分を守るすべとして、人間らしい感情を封印していったのかもしれない。人形なら殴られても痛くないし、心も傷付かないからだ。

しかしどんなに感情を殺しても、実際に暴力を振るわれれば肉体は痛みを覚える。殴られることが恐怖に変わり、それを避けたいと思うなら怒りを買わないようにするしかない。

(凛……)

高槻はきつく唇を噛んだ。

少し声を荒げただけで、臆病な仔うさぎのように震えていた小さな体が浮かぶ。おそらく凛にとっては、失態を犯せば結果としてむごい仕置きが与えられることが日常だったのだろう。

ここにはもう、彼のことを理不尽に殴る人間はいない。そのことを理解させ、安心させてやりたい。

風呂から上がり、簡単な夕食を食べさせ食器を片付ける間、凜はずっと俯いて無言のままだった。大丈夫だから心配するなという高槻の声も、届いていないかのようだった。結局首からかけたボードを一度も使わずに、食後の茶も飲まず、ぺこりと一つ頭を下げて自分の部屋に閉じこもってしまっていた。

（もう、眠ってしまったか……？）

話をするなら今日のうちの方がいい気がした。このままの状態で凜を放っておきたくない。

高槻は意を決して立ち上がると、凜の部屋へと向かった。

ロフトを見上げると、ランプの淡いオレンジ色の光が見えた。まだ起きているらしい。

階段を上がっていくと、布団の隅に膝を抱えて座っていた凜が不安げな目を上げた。高槻が叱りに来たと思っているのか、全身が見るからに強張っている。

「凜、少しいいか」

声の調子が穏やかなのが意外だったのか、凜は目を見開き微かに頷いた。怯えさせないよう、少し距離を置いて腰を下ろす。

凜は俯いたままじっと動かない。ずっと持っていたのだろう。膝の上には割れた一輪差しの破片が置かれている。

「話がしたい。いいか？」

ボードとペンを取るよう促すと、寝るためにはずしていたボードを凜はあわてて取り上げた。高槻と会話がしたいというより、怒られるのを恐れるびくついた仕草だった。

「あのな、もう一度言うぞ。俺は怒ってない。一輪差しを割ったことも、それ以外のことも全部だ。それはわかるか？」

凜は不安げな視線を移ろわせていたが、コクリと小さく頷いた。

「これからも、もしおまえが何か怒られるようなことをしたとしても、俺はおまえを絶対殴ったりしない。約束する。それもいいか？」

驚きに満ちた瞳が見開かれる。そんなのは当然のことだというのに、『怒られる＝殴られる』という図式がすでに成立している彼の常識の中では信じられないことだったに違いない。

「凜……わかったのか？」

繰り返し聞くと、ポカンとした表情のままの顔がまたわずかに頷く。

「それと、風呂でのことだが……ああいうことはもう、しなくていいんだ」

なんと言えば通じるのかわからず躊躇しながら慎重に告げると、凜はおろおろと視線を泳がせた。

「おまえはああいうことを、その、いつもしてたのか？」

答えたくなければ答えなくてもいい、と言おうとしたが、凜はためらう様子もなくペンを取った。

『いっしょにお風呂に入るときは、そうすることになってたから』

高槻は心の中で思い切り舌打ちする。会ったこともない男に対して、激しい憎しみが湧いてくる。

『もうしなくていいのはヘタだったからですか』

新たにそう書かれた文字の意味が一瞬わからなかったが、内容が飲み込めてくると共に胸はさらに軋《きし》んだ。

「そういうことじゃない。おまえに、ああいうことをさせたくないからだ」

安堵してくれるかと思った相手がどういうわけか悲しげな表情になったのを見て、高槻は戸惑う。

「どうした?」

『しろうさんにはしたかったです』

向けられたボードのその文字を見て、高槻は言葉に詰まった。

眉を寄せ黙ってしまった高槻に、凜はややあわてた様子でペンをサラサラと走らせると、新たに字がびっしり詰まった板面を向ける。

『お父さんだったひとには、しないとなぐられたからした。でも、しろうさんにはよろこんでほしかったから、したかったです』

「俺が喜ぶと思ったのか？」

凜は頷く。

『あれをしてるときだけはなぐられなかった。なでてもらえました。上手だって』

新たに書かれた言葉に、心がやすりで削られるような感じがした。

『だから、しろうさんにしてあげたらお礼になるかと思って』

「凜、ああいうことは、お礼でするものじゃない」

その言葉に、凜は困惑顔で首を傾げる。

「ああいうのは、好きな相手に触れたいと思ったときにするんだ」

自分だって心底惚れた相手と交わった経験などないくせに、人に説教できる柄かと思いながらも、教えてやらずにはいられない。

凜は視線を一輪差しの欠片に落としたまま、高槻に言われたことをじっと考えているようだった。どうやら彼の中で何か納得する部分があったのか、コクコクと二度頷く。そして、不安げな瞳を上げてきた。

『しろうさんはいやだったですか』

「礼であんなことをされても嬉しくない」

白く細い指に触れられた瞬間、思わず反応しそうになってしまったことは隠し、高槻は言った。言ってから、その言い回しのおかしさに気付く。

礼でなければいいとでもいうのだろうか。

（いや、そんなわけないだろう）

自問し、心の中で即座に否定する。

あのときの凜がいつもの凜と違って見えたのは少し湯にのぼせていたせいで、ただの一時の気の迷いだ。大体凜のことをそんな対象として見たことなど、最初から一度もなかったではないか。

凜は俯いたまま、しばらくボードを見つめていた。やにわに書きはじめた手を止めすぐに板面を消してしまうと、改めて書き直した文字を向ける。

『しろうさんがうれしくないなら、もうしません。ごめんなさい』

その表情がどこか落胆しているように見えてしまい、高槻はさらに戸惑うが、どう言えば凜が安心してくれるのかわからない。驚いたが決して嫌ではなかった、などと改めて言ってやるのもおかしなことになりそうな気がした。

「謝らなくていい。わかればいいんだ」

気まずくなって、高槻は目をそらす。

あのときは動転してそこまで気が回らなかったが、凜はこちらの体の変化を指先から感じ取っていたのではないか。だとしたら、大人ぶってしらばくれ、綺麗事を並べる高槻に幻滅したとしてもおかしくない。彼の澄んだ瞳には、簡単に本心を見抜かれそうな気がしてしまう。

居心地の悪い沈黙に耐えられず、高槻はさりげなく話題を変えた。

「おまえ、それは気に入ったか？」

それ、と膝の上に大事そうに置かれた破片を指すと、相手の口元がほのかに緩んだ。重苦しさが解け、高槻もホッと息をつく。

凛は大きく頷いてから、悲しげに瞬きペンを取った。

『わっちゃってごめんなさい。カミナリにびっくりして』

「おまえが気に入ったならそれでいい。また作ってやる」

破片を両手でしっかり持ったまま、凛はなんだか不思議そうな眼差しを高槻に向けている。

「なんだ」

迷った末に手がペンを取り、サラサラと走らせる。

『おれはしろうさんのじゃまですか』

いきなり問われ、高槻は驚く。

「どういうことだ？」

『めいわくばっかかけてるから』

「邪魔でもないし、迷惑でもない」

即答した。本心だった。だが、凛は納得していない様子だ。

『どうしてここに置いてくれるんですか』

理沙子への負い目。追い詰められた二人への同情。そのどちらも凛を引き取ったそもそもの理由のはずだったが、今は明らかに違ってきている。

凛に、いてほしい。なぜなのかは、高槻自身にもうまく説明できそうもないが。

「それは……そうだな、おまえがいると俺も退屈しないらしい」

多少ごまかしながらも率直に答えた高槻を、凛は恥ずかしくなるほど綺麗な目で見上げてくる。

「こういう生活も、まぁ、そう悪くないと思ってる」

少ない語彙のひと言ひと言に、今の気持ちを込めたつもりだった。

凛と一緒に暮らしはじめてから、ひとりでいるより他人に気を配り世話を焼くことで、冷えきった空間にもぬくもりが生まれることを知った。凛に何を食べさせようとか、凛のために何を作ってやろうとか、今日は何を教えてやろうとか、そういうつまらないことを考えるのが、自分のためだけに何かをするよりもずっと有意義に思えるようになった。

だが、これがほかの人間に対しても同じように感じるかというと、それは疑問だった。深く傷付き殻に閉じこもってしまっていた彼だからこそ、人間関係に疲れ果て自信喪失していた高槻でも心を開くことができたのかもしれない。自分のような空っぽの半端な人間でも、何かしてやれるのではないかと思えたのだろう。

誰にも気兼ねせず、自由気ままなひとりだけの暮らし。その心地よい静寂を乱さない、同そろそろ孤独を抱えた彼だから、すんなりと自分だけの領域に入れてやることができたのだ。

「おまえはどうだ。こんなド田舎で赤の他人の俺と暮らすことになって、もう二ヶ月だ。そろそろ、帰りたいんじゃないのか？」

さりげなさを装って聞いたつもりだったが、肯定の言葉が返ってきたらひどく落ち込みそうな気がして高槻は我ながら驚いた。それにもしもここで頷かれてしまったら、それこそ早急に理沙子のところへ帰さなければならなくなる。そう思うと質問したそばから、答えを聞きたくない気持ちになってくる。

凜のいない生活に戻ることを考えるとなぜか心に冷たい風が吹くようで、高槻は目の前にいる少年にすでに情が移ってしまっていることを改めて自覚する。他人に移る情など自分の中には皆無だろうと思っていたからこそ預かったというのに。とんでもない誤算だった。

『帰りたくないです』

即座にボードに書かれた字はきっちりと力強く、凜の意思を明らかにしていた。ペンを持った手がさらに動く。

『ここが好きだから』

安堵で全身の力が抜けたがそれを相手に悟られたくなくて、高槻はわざと渋面を作った。

「いいのか？　夏は涼しくていいが、これからどんどん寒くなっていくんだぞ」

凜が微笑む。素の彼の、はにかんだ微笑だ。

『ゆたんぽがあったかいから』

そのほんのりと和むひと言ににわか作りのしかめ面も崩れ、高槻も思わず口元を緩めてしまう。

「凛、東京では冬でも雪はあまり積もらないだろう。こっちでは真冬になると五十センチ以上は積もる」

凛はそんなに、と言いたげにつぶらな瞳を見開く。

「ここではな、雪の降る音が聞こえるんだ」

都会から移り住んで初めて知った、雪の降る『音』。ここで冬を迎えたら、凛にもきっと聞こえるはずだ。

「雪が降り出すと動物や鳥の声も、木が揺れる音もまったく聞こえなくなる。無音の中で外に雪が降り積もっていくのが、体に染み込んでいくみたいにわかるんだ。そんなときは、世界にたったひとり取り残されたような気分になる」

完全な静寂の中、雪に覆い尽くされ閉じ込められていく感覚。そのままどこにも行けなくなり、誰にも知られず消えていってしまうのでは、などと理由のない恐怖にかられる。

そんなときふと、らしくないことを思う。犬でも狸でもなんでもいいから、飼っていればよかったと。自分以外のぬくもりが傍らにあれば、深すぎる静けさと闇に取り込まれてしまう不安から逃れられるのではないかと。

「ここの冬は、そういう冬だ」

凛はまだ見ぬしんしんと降る雪を想像しているのか深く瞳を閉じると、もう一度開けて高槻をまっすぐ見た。

『雪の音を、しろうさんと聞きたいです』

ボードを向けて、ふわりと笑う。本当に楽しみだとその笑顔は語りかけてくる。

不可解な胸苦しさに襲われ、高槻はさりげなく目をそらす。心が甘く揺らいだことに、瞳をのぞかれ気付かれてしまうのが怖かったのだ。

（まったく……どうかしてるぞ……）

凛に笑顔を向けられると、最近はいつでもこんなふうになる。乾ききっていた胸に、自分でもどう扱ったらいいのかわからない温かく優しいものが湧き上がってくる。そしてそれは心地いいだけではなく、たまらない胸苦しさや切なさをも共に連れてくる不思議な感情なのだ。

今年の冬は、今までと違う冬になるかもしれない。ひとりで聞くといたたまれないほど恐ろしかった雪の音も、二人なら耐えられるだろうか。いやむしろ、安らいで感じられるのではないか。

初雪が待ち遠しいと、この地に来て初めて高槻は思った。

冷たい雨に打たれたのが、やはりこたえたのだろう。翌日から凜《りん》は熱を出した。

幸い工房は休みの日に当たっていたので、目を離すとすぐに洗濯やら掃除やらを始めようとするのを叱り付け、熱が下がるまで寝ていろと言い含めて布団に押し込んだ。

週に一度の休日は、麓《ふもと》の商店まで買い出しに行くことにしている。凜を預かってからは二人で行っていたのだが、久しぶりに高槻《たかつき》一人で出かけた。それ以前はずっと一人だったはずなのに、二人に慣れてしまった今ではなんだか隣の空間が寂しく感じられた。

一緒に買い物に行って欲しいものを聞いても、凜は何もねだったりはしない。ただマネキンの微笑で首を横に振るだけだ。物欲というものがまったくないらしい。

それでいて高槻が気まぐれで何か買い与えてやると、ものすごく喜ぶ。安物だが丈夫なTシャツやジャケット。日差しを遮るキャップ。ガラス工芸品の写真集。凜はそのすべてを宝物のように大切にしていた。

一人で済ます買い物は、いつもの半分の時間で終わった。病床の凜に食べたいものはあるかと聞いてもいつもどおり首を振るだけだったので、熱があっても食べられそうなプリンやアイスクリームといった甘いもの、氷枕や風邪薬、体温計など一連の看病道具を買い込み、帰途に着いた。

高槻自身は、体が非常に頑強だ。商社マン時代も三日三晩寝ずに海外と日本の間を往復しても全然こたえなかったほどなので、発熱して伏せった人間をどう扱っていいのかさっぱりだった。見るからに細く弱そうな凜が、熱で白い頰を赤くしているのは痛々しく胸が絞られるようだったが、なんと声をかけてやればいいのかもわからない。

レトルトのかゆを温めトレイを持ってロフトに上がっていくと、寝ていた凜が弱々しく顔を上げた。

「凜、食えそうだったら少しでも腹に入れておけ」

凜は無理に作った笑顔で微《かす》かに頷《うなず》く。上体を起こしてやり、膝に食事を乗せたトレイを置いてやった。

「熱いから気をつけて食えよ」

手を額に当ててみる。やはりまだ熱い。ここから車で一時間の麓にあるクリニックは、あいにくと今日は休診だ。

凜は熱のせいか猫舌なせいか、頰を真っ赤にしながらかゆをなんとか食べ終えた。少しでも食べてくれたことに、高槻はホッとする。

「これを飲んでおけ」

風邪薬と水を渡すと、苦味に顔をしかめながらおとなしく飲み下す。

「氷枕を作ってきてやる」

何しろ看病など、生まれてこのかた一度もしたことがない。病人と二人でいるのがやたら気詰まりで、高槻は空になった器を乗せたトレイを持ちそわそわと腰を上げかけた。

シャツの裾《すそ》を引っ張られる気配に振り向くと、凜がじっと見上げてくる。

「なんだ。何か欲しいものがあるか?」

凜はボードを取ると、弱々しくペンを走らせる。

『めいわくかけてごめんなさい』

「そう思ってるなら、早く治せ」

つっけんどんな言い方になってしまいすぐに後悔したが、心配している気持ちは相手にちゃんと通じたようだ。凜はコクリと頷くと、もう一度ボードに向かう。

『ほうっておけばなおると思います。今までもそうだったから』

高槻は内心思い切り嘆息する。それはただ、放っておかれただけのことだろう。たまたま治ったからいいようなものの、こじらせたら大変なことになっていたはずだ。

「とにかく、熱が下がるまではおとなしく寝てろ」

そのまま背を向けて行こうとすると、またシャツを引かれた。しっかりと裾を摑《つか》んでいる細い指先は頼りなく、向けられる瞳は不安げだ。熱で頰は赤く、息も荒い。

病人は苦手だし扱いもわからなかったが、なんとなく今はそばにいてやった方がいい気がして、高槻はもう一度布団の脇に腰を据えた。

「わかった。眠るまでいてやる」

ぶっきらぼうな高槻の言葉に、凜は思わず引き留めてしまったことを後悔したのかおずおずと目を瞬《しばたた》かせ、ボードを取ろうとする。それを高槻が取り上げた。

「もういい。どうせ俺も今日は何をしてても、おまえの具合が気になるだろうからな。ここにいてやるから、安心して寝てろ」

理沙子《りさこ》が聞いたらさぞ仰天することだろう。あなた一体どうしちゃったの、と唖然《あぜん》とする顔が見えるようだ。以前の高槻にとって自分以外の人間は、家族であってもただの物と同じだったため、細やかに気遣い心配することなど一切なかったのだ。

本当に、どうしてしまったのだろう。自分で自分がわからず、高槻自身がすでにひどく困惑している。

口調はともかく、高槻としては最大限の優しさのこもった言葉を、凛はちゃんと受け取ってくれたようだった。不安げだった瞳が安堵《あんど》で和らぎ、薄い瞼《まぶた》が閉じられる。

見つめられることに居心地の悪さを感じていた高槻の肩の力も抜け、わざと作っていた渋面を解いた。凛の視線を意識しなくてすむ今、自分がどんな表情になってしまっているのかなんて想像もしたくなかった。心配で心配でどうしようもない——きっと、そんな情けない顔をしているに違いないからだ。

まだ裾を摑んでいる手をそっとはずして、布団の中にしまってやる。無関心という重い病に侵されていた高槻に初めて人間的な感情を教えてくれた少年は、いい歳《とし》をした無骨な男をどんなに動揺させているかも知らず安らかに瞳を閉じていた。

夜になり、凜の熱は平熱近くに下がってきた。このまま下がらなかったら明日の朝一番で医者に連れて行こうと決めていたので、高槻は心底ホッとした。氷枕を作りに行く以外凜のそばから離れず、じっと様子を見守っていたため、張り詰めた緊張がやっと解けた気がした。

眠っている頬に手を触れてみる。ほのかに温かいだけで熱はなさそうだが、顔も首筋もじっとりと汗をかいているのがわかった。パジャマもきっと湿っているだろう。着替えさせなければいけない。

「凜」

耳元で呼ぶと、閉じた瞼がうっすらと開かれた。

「パジャマを替えた方がいい。自分でできるか?」

凜は弱々しくコクリと頷いたが、上体を起こそうとしても高槻の支えの腕にクタリと崩れてしまう。どうやら無理そうだ。

「ああ、もういいから寝てろ。俺が替えてやるが、いいな?」

微かに頷く。弱々しい眼差しがすまなそうに上げられる。あえてその目を見ないようにしながら、高槻はパジャマのボタンに指をかける。

(意識するな。着替えさせるだけだ)

そう言い聞かせないと風呂でのことを思い出してしまいそうで、高槻は凜の白い肌ではなく自分の手元だけに気持ちを集中させた。思ったとおり、パジャマはしっとりと湿っている。これでは体が冷えてしまう。

上半身を脱がせ、熱い湯で絞ったタオルで腕から胸にかけて拭いてやる。雑念を追い払って機械的に手を動かしていくが、そこここについた痛々しい傷痕は嫌でも目に入ってくる。一度意識してしまうと、傷付いたその部分を優しく指先で撫《な》でてやりたいなどという、とんでもなく妙な衝動が湧《わ》き上がってきそうになり、高槻は大いにうろたえた。

手元に集中しているつもりでも、雪原のように白いきめ細やかな肌がほんのりと桜色に染まっている様子が、どうしても目に入ってくる。凜の熱がいつのまにか伝染してしまったように、高槻の鼓動までが速くなる。

ズボンを脱がせるとき、凜が少し腰を浮かせて協力してくれた。高槻を信用しきっているのだろう。心の奥底でくすぶっている甘い欲望が、その信頼を裏切っているように感じて後ろめたい。

（しっかりしろっ。相手は病人だぞ）

軽く首を振り、高槻は自分を叱咤《しった》する。だが、一度気になり出すともう止まらない。

雷雨に打たれびしょ濡れになっていたときの肌は、凍り付きそうなくらい冷たかった。

今はどうなのだろう。

触れたいという欲求が、高槻の頭をいっぱいにしていく。汚れのない肌を蹂躙《じゅうりん》するようについている傷痕を撫でて癒してやりたいという気持ちと、甘い胸苦しさから純粋に触れてみたいと思う気持ちの両方が、高槻の強固な理性を侵食していた。

我慢できなくなった指先が薄いガラスに触るように、やわらかなふくらはぎに触れた。そのままそっと上下にさすってみる。ついた傷は当然消えないが、手のひらに伝わるぬくもりが高槻の心を同じ温度に高めていく。

(凜……)

直接肌に触れているだけで、胸が決して不快ではない苦しさに引き絞られた。不埒《ふらち》な欲望ともまた違う、触れた部分をなけなしの優しさで包み慈しんでやりたくなるような、それは不可解な感情だった。

このまま触れていたい。これ以上触れてはいけない。

二つの想いがせめぎ合う。

割れ物に触るように何度も撫でていたふくらはぎから指を踵《かかと》に滑らせた瞬間、くすぐったかったのか凜が身じろいだ。

「っ……」

一瞬のうちに現実に引き戻され、高槻はすぐに手を引く。優しいぬくもりが罪の刻印に変わり、手のひらに刻み付けられる。

とっさに凛を見た。瞳を閉じて安らかかな、気持ちよさそうな顔をしている。高槻の中にきざした複雑な感情になど、これっぽっちも気付かずに。

高槻は微かに息を吐くと熾火《おきび》のように体内に残った熱を追い払い、下着だけになった凛に手早く新しいパジャマを着せた。これ以上見たり触れたりしたら、自分でも何をしでかしてしまうかわからない。そんな不安があった。

(ケダモノか、俺は……っ)

自分自身に対する激しい嫌悪感を押しころしながら、高槻は表情を取り繕った。

「さっぱりしただろう」

あえて何事もなかったかのように言うと、凛はうっすらと目を見開き少しだけ微笑《ほほえ》み頷いた。何も疑っていない笑顔にさらに後ろめたさが募る。

「凛、少し水を飲んだ方がいい」

上体を支え起こしてやると、細い体は遠慮なく高槻の胸に倒れ込んできた。驚くほど軽く、まだほのかに熱を持っている体を気遣いながら、ミネラルウォーターのペットボトルの蓋を開けてやる。両手は力なくダラリと下げられたままなので、ボトルを口元に持っていき傾けてやるが、うまく飲めないのか口の端からこぼれてしまう。

汗で相当体内の水分が失われてしまっているはずだ。口を湿らせる程度では足らない。下手をすると脱水症状を起こしてしまうかもしれない。

飲むのが難しくても渇いてはいるのだろう。もっと水を欲しがって力なく上げられた手がボトルを持とうとするが、普段でさえ震え気味の指はどうにも頼りない。申し訳なさそうな瞳が高槻を見上げてきた。

不思議なほど迷いはなかった。ただ渇きを癒してやりたい一心で、高槻は冷たい水を口に含むと凜の唇に自分のそれを押し当てた。やわらかく熱い感触が背筋を震わせたのは一瞬で、相手の渇ききった口の中にまだ冷たい水を注ぎこんですぐに離れる。凜がコクリと喉を鳴らす。渇いていた喉を潤され、表情が心なしか和らいだ。

もっと飲ませてやりたいという思いにかられ、高槻は続けて口移しで水を与えた。よほどカラカラになっていたのか、凜は餌を欲しがる小鳥のように与えれば与えるだけ飲み干していく。

「もっと飲むか」

自分に頼りきり、従順に頷く様がとても愛《いと》しい。急速に高まってくる保護欲に意識せず髪を撫でると、凜の口元は素直にほころんだ。絹糸みたいな感触が指先に伝わり心地いい。

抵抗しないどころか待っているようにすら見える凜に、高槻はためらわず何度も唇を寄せた。慣れてくるごとに甘やかな想いは強くなり、重なる時間は次第に長くなる。

凜の熱い舌が求めるように伸ばされて、高槻の唇を掠《かす》めた。なんとか抑え付けていた欲望が再びきざしはじめ、何度目かにはもう水を飲ませているのか口付けているのか、高槻自身もわからなくなってきた。

「凜……」

離した唇で名を呼んだ声は、我ながら仰天してしまうくらい切なげに響いて狼狽したが、凜はそれに応《こた》えおずおずと高槻の胸に身を寄せてきた。

（駄目だ……離れないと……）

理性の声がする。だが腕の中の優しいぬくもりを、どうしても遠ざけることができない。微熱で潤んだ瞳がまっすぐ高槻を見上げてくる。うっすらと濡れている唇から目が離せない。もっと、と欲しそうに、その唇が開かれた。

「もう、いいだろう」

なけなしの理性を呼び起こし、高槻は凜から身を離そうとした。水を与えるためとはいえ思わず口付けてしまったことを、すでに後悔しはじめていた。

ところが、高槻の離れようとする気配を察したのだろう。あろうことか、凜はさらにしっかりと胸にしがみついてきた。そしてそのまま、高槻を布団の方に強く引っ張る。

「お、おい、凜っ」

首が横に振られる。さっきまでグッタリと力なく高槻によりかかっていたのが嘘《うそ》のように、凜は両手で高槻のシャツの胸のあたりを掴んだまま離さない。

高槻に急に突き離されそうになって不安になっているのだろう。凜の方はおそらく水を飲ませてもらっただけで、『口付けた』という認識はないのかもしれない。だが高槻の方は、これ以上彼を腕に抱いていたら歯止めがきかなくなりそうで怖かった。

（どうすればいい……）

わからない。自分の気持ちも、どうしてやればいいのかも、情けなくなるほどわからなかった。ただとにかく、必死ですがりついてくるその小さな存在が可愛《かわい》くて、もう一度抱いてやらずにはいられない。

微かに震えている背をぎこちない手でそっと包み撫でてやっていると、凛は安心したのか全身の力を抜いた。凛を両手で抱いたまま布団に横たえ、高槻もそのまま隣に入る。

しがみついていたのはおそらく、添い寝してほしいという意思表示だったのだろう。凛はホッと息をつくと口元を緩め、控えめに高槻にすり寄った。

その表情を見ていたら、得も言われぬ愛しさがやわらかく高槻の胸を包み込んだ。

欲望は確かに体の奥にくすぶっている。だがそれは手近な相手なら誰でもよく、ただ性的な刺激が欲しいわけでは決してない。おそらくは凛だけが、その甘やかな感情を高槻の中から引き出せるのだ。

静けさの中、相手の息遣いだけがひそやかに伝わる。無理に引きずり出そうとすれば壊れてしまいそうな、漠然として把握しきれない儚《はかな》く脆《もろ》い感情。扱いかね、それでも手放したくないそれを、高槻はそっと心のうちに確かめる。

ずっとこうしていたいと思う。守っていてやりたいと思う。

その感情の正体を、はっきりと言葉にしてはいけない気がした。その瞬間に、二人の関係が変わってしまいそうな気がするからだ。

沈黙のまま何も明らかにせず、静けさに身をまかせ、ただこうして寄り添っていたい。

優しい静寂に心地よく浸りながら、頼りなく細い体を高槻はくるむように抱き締めていた。


眩《まぶ》しさを感じて目を開けると、天窓から朝の光が差し込んでいた。昨日までの曇天がうって変わって、今日はよく晴れている。

一瞬自分がどこにいるのかわからず、高槻は妙に寝不足感のある頭を振った。左腕が重い。

「っ……」

腕に小さな頭が乗せられているのを見て、昨夜凛に添い寝したまま寝入ってしまったことを思い出した。

額に手を当てる。熱はすっかり下がったようだ。呼吸もゆっくりと規則正しく、苦しそうな様子もない。むしろ安らかだ。

起こさないようにそっと布団を抜け出そうとしたが、気付かれずに腕枕をはずすのはさすがに無理だった。高槻のわずかな身動きに、凛の閉じられていた薄い瞼がうっすらと開かれた。

しまった、と思ったがあとの祭りだ。できれば彼が目覚める前に、何事もなかったようにロフトから降りてしまいたかった。そうすれば昨夜のことも、熱が見せた夢だったということにしてしまえたのだが。

目が合ってもまだ寝ぼけているのか、凜はどこかぼんやりした顔で高槻をじっと見つめていた。

「熱は下がってるぞ。具合はどうだ？」

気恥ずかしさをごまかし平静を装って高槻が聞くと、凜は一瞬キョトンとしてから、恥じらったように視線をそらし小さく頷いた。そして高槻の頑丈な腕を下敷きにしていることに気付きあわてて頭を起こし、すまなそうに首をすくめる。

その頬がほのかな桃色に染まっているのを見て、さらに気まずくなってくる。おそらく凜も思い出したのだろう。触れ合う唇の感触や、分け合ったぬくもりの優しさを。

なんとなくもじもじと視線を移ろわす凜から、高槻もいたたまれずに顔をそむけた。そしてわざとらしくない程度にそそくさと体を離すと、布団から出る。

「飯の用意をしておく。起きられるようだったら降りて来い。腹が減っただろう」

そのまま相手の返事も待たず、高槻は逃げるように立ち上がり階段を降りた。

あの様子だと凜も相当困惑している。必要以上に高槻に甘えてしまったことを、もしかしたら後悔しているのかもしれない。これ以上互いに気まずくなるようなら、昨夜のことはこのまま口に出さず忘れてしまった方がいい。

ただの気の迷いでは到底片付けられない衝動と切なさを無理に記憶から追い出し、高槻は深く息を吐く。居間に降りるとまだひんやりとしている朝の大気が混沌とした頭を冷やしてくれたが、忘れようと決めたばかりの腕の中のぬくもりはなかなか消えてはくれなかった。

＊

熱は雨に濡れて体が冷えたことによる一時的なものだったらしい。凛は翌日にはすっかり回復し、また普段どおりの生活に戻った。

昼は工房へ行き、祐子《ゆうこ》と好恵《よしえ》の手伝いをする。家に帰ると掃除や洗濯などの家事をこなす。相変わらず不器用で作業ペースはスローだったが、本人なりに努力しがんばっているのが見ていて伝わり微笑ましかった。

休日は自宅の作業場で、高槻がトンボ玉作りを教えてやるようになった。手先がうまく動かない凛には、まずガラス棒をエアバーナーで溶かして球形にする出だしからして至難の業だ。真剣な顔で熱心に取り組んではいるが、なかなかうまくならない。そんなかたつむり並みの歩みでも本人は至極満足しているらしく、祐子や好恵よりはおそらくスパルタな高槻の指導を楽しみにしているようだった。

穏やかな日々の中月日は瞬く間に流れ、季節は夏から秋へと移った。

その数ヶ月の間に、凜はさらに変わった。ここに来た当初よりずっと明るくなり、マネキンめいた仮面の微笑は、高槻と二人のときはもうほとんど見られなくなった。逆に、本当はこんなに表情豊かだったのかとびっくりするほど、素直に喜怒哀楽を表に出すようにもなっていた。

ハクビシンがまた来たと言っては、高槻の腕を引っ張って外へ連れて行くその笑顔。ガラス棒の先がなかなか丸くならないときの悲しそうな顔。皿を割ってしまったときのすまなそうな泣き顔。色とりどりの落ち葉を拾って作ったしおりを見せる嬉《うれ》しそうな顔。

凜が新たな表情を見せるたび、高槻の心の中にさまざまな彼の画像がファイルされていく。それが一枚一枚増えていくごとに、空っぽだった胸が優しく満たされていく感じがする。

穏やかで静かな日々が、澄んだ小川がさらさらと流れるように続いていく中で、高槻は心の奥に秘かに抱く凜への特別な想いをうまく眠らせ隠し通していた。凜が熱で倒れた夜の触れ合いの件は、二人ともまるでなかったことのようにふるまい、当然話に出すこともなかった。

時折何かの拍子にたまらなく抱き締めたいような気持ちが湧き上がっても、高槻は堪《こら》えることができた。凜が過去に受けた傷を考えれば、いくら『愛しい』という気持ちからであってもうかつに彼に触れることはためらわれたし、また、それ以上に大きな理由もあった。

凛を預かってからすでにもう五ヶ月。あとひと月余りで、彼を理沙子のところに帰さなくてはいけない。

しばしば忘れかけてしまうその現実を自分に言い聞かせるたびに、胸を錐《きり》で突かれるような痛みが走ったが、高槻は気付かないふりをした。

余計なことは考えまい。そばにいる間はできるだけ、凛の本来の笑顔を増やしていってやりたいと、すべての雑念を捨て高槻はそれだけを願っていた。


「ちょっとちょっと士郎《しろう》君、大変だよ！」

その日の仕事も終わり間際になって、豊かな体を揺らしながら祐子がガラス工場に飛んで来た。

「凛がどうかしましたか？」

高槻は手を止めとっさに聞き返してしまう。不器用な凛はバーナーで火傷《やけど》をしたりガラスで手を切ったりと、何かと生傷が絶えないからだ。

「どうかしたどころじゃないよ！　ねぇ士郎君、あんた今日凛ちゃんが誕生日だって知ってた？」

「誕生日？」

思いもかけない単語を聞いて、高槻は困惑に眉を寄せる。

「さっき血液型と星座の話してたらさ、なんと今日なんだって、誕生日が！　士郎君絶対そういうの気が利かないと思って、知らせにきてあげたわけ。パーティーしろとは言わないけど、おめでとうくらいは言ってあげないと駄目だよ。わかった？」

祐子は言いたいことだけ言って、さっさと作業場に戻って行ってしまう。

（誕生日だから、なんだって？）

高槻はしかめ面で首をひねる。一般的には誕生日というのはどうやらめでたい日らしく、世間では祝いのメッセージやプレゼントを贈り合うことくらいはもちろん知っている。

だが高槻本人は、そんな世間一般の風習とはまったく縁がなかった。子供の頃は両親は忙しくて特別に祝いのイベントはなかったし、婚姻中は理沙子の誕生日など覚えてもいなかった。誕生日――要するに生年月日というのは高槻にとって、手続書類などに必要なだけのただの数字の羅列で、頭の隅に留《とど》めておけばいい暗証番号に類するものという程度の認識だ。

凛は、どうなのだろうか。

前の保護者が、凛の誕生日をきちんと祝ってやっていたとは到底思えない。理沙子はもちろん覚えていただろうが、生活するのに精一杯だった彼女が凛のために特別にイベントをしてやっていたかは疑問だ。誕生日というのはめでたくて皆で祝うものだということを、凛は今、祐子と好恵から初めて知らされたのではないだろうか。

（どうするか……）

高槻は頭を抱えた。

祝ってもらったこともない者が、人を祝えるわけがない。余計なことを教えてくれたものだ、とおせっかいな祐子をやや逆恨みしてしまいながら、難問に頭を悩ませるしかなかった。

結局そのまま名案は浮かばず、帰りの車内で二人きりになってもおめでとうのひと言どころか、今日が誕生日ということにすら触れられないまま帰宅した。

凛は、おそらく祐子と好恵からもらったのだろう、淡いピンク色のガラスのキツネを大事そうに持ったままでいた。夕食の時もテーブルの上に置き、そばから離そうとしなかった。よほど嬉しかったのだろう。

あえてそのキツネには触れずそちらを見ないようにしながら、高槻は不自然なくらいさっさと夕食を終え、風呂の仕度をすると言って席を離れた。浴室でひとりになると妙な緊張が解け、ホッと肩の力が抜けた。

本当は高槻のデニムのポケットの中には、急ごしらえで用意したプレゼントが入っていた。祐子に言われてから、あわてて凛のために作ったものだ。だが、渡すタイミングを完全に失ってしまっている。

商社時代は顧客や取引先の人間の誕生日を調べ、計算ずくで祝いのメッセージと共につけ届けをしたことはある。だが、自分の言葉で心から誰かに『おめでとう』などと言ったことはない。

このまま何も言わず今日一日終えてしまっても、凜は別にがっかりもしないだろう。高槻が自分の誕生日を知っているとは、思いもよらないだろうから。

だが、それでいいのだろうか。

(いや、いいわけがないな……)

心の中で即答した。

凜にとって一年に一度の大切な日を、言いづらいからなどという理由で何もしないまま終わってしまったら、絶対に後悔しそうな気がした。何しろ彼にとってはこの地で過ごす、最初で最後の誕生日なのだ。高槻が凜の誕生日を祝ってやる機会は、おそらくもうない。

高槻は意を決してポケットの中のものを握り締めると、風呂の準備もそこそこにキッチンへ戻って行った。

どんな局面でもほとんど緊張というものをしたことがなく、すべてを平然と器用にやってのけていた頃の自分が思い出せないくらい、たった一人の少年の反応が気になりびびってしまっている。情けないにもほどがある。

タイミングよく凜は食器を洗い終え、沸かした湯をやかんからポットに移し終えたところだった。気配を感じ振り向いた顔がふわっと微笑み、右手がインスタントコーヒー、左手がティーバッグを持ち上げる。どちらにする？　と聞いている。

「お茶はあとだ。ちょっとそれを置いて、そのままじっとしてろ」

凛はキョトンと目を見開き素直にコーヒーと紅茶を置くと、高槻に背を向けたままで動きを止める。首をひねって不思議そうに見上げてくるその小さな頭を、両手で挟んで正面を向かせ、ポケットから取り出したものを首の前に回してから、後ろで留めてやった。

雷雨の夜に凛が割った一輪差しの破片を綺麗な三角形に削って、革紐《かわひも》を通して作ったペンダントだ。

首を俯《うつむ》けかけられたものを見て、凛の肩がわずかに上がる。背後にいる高槻からその表情は見えない。誰かの反応を、これほどドキドキしながら待つのは初めてだ。

一歩退いた高槻を、凛はパッと振り向いた。その顔はとにかくびっくりしている。

「おまえ、今日誕生日なんだろう」

『おめでとう』とか『プレゼントだよ』とか、気の利いたことはやはり言えない。だがそのそっけないひと言で、凛の頬はほんのりと薔薇色《ばらいろ》に染まった。そして信じられないという顔で、生まれ変わったガラスの破片と高槻の顔を交互に見比べる。

深みのあるブルーに銀糸を散らしたトライアングルのペンダントヘッドは、凛の色白の肌によく合っていた。我ながら会心の出来に、高槻の口元もつい緩んでしまう。

「いいな。ピッタリだ」

そんなこと言うつもりもなかったのに、正直な感想が口をついて出た。その言葉で、凜の表情が花開くような笑顔に変わった。

増え続けていく心の中の凜の画像。その中でもきっと、取って置きの一枚になるだろうその鮮やかな笑顔は、高槻の心をふいにたまらなく切なくさせた。

凜はボードを持ち上げ、もどかしげにペンを取った。

『しろうさんありがとう！』

あわてて書いたのでいつもより下手くそな字が、大小取り揃えて並んでいる。『！』マークがついているのも初めてだ。

「自家ブランドで悪いな。安物どころかゼロ円だ」

『しろうさんのが一番うれしいです！』

凜は落ち着いていられないようで、そわそわとペンダントヘッドを手に取って見たり、自分の姿を鍋の蓋に映してみたりしている。高槻は思わず声を出して笑ってしまい、そんな自分にびっくりする。

「ほら、落ち着いて座れ。コーヒーでいいな？　俺がいれてやる」

いくぶん照れてしまったのをごまかすように、舞い上がってしまっている凜の両肩を押さえ付け椅子に座らせる。インスタントコーヒーをいれたマグカップを前に置くと、凜はせか

せかと書いていた長文を高槻に向けた。

『たんじょうびのプレゼントもらうの初めて。それもこんないいものばっかり。すごいうれしいです』

隣に置いてあったピンクのキツネも持ち上げて笑う。

「俺も、プレゼントを人にやったのは初めてだ」

高槻の返事に、凜は首を傾げる。

『ねえさんは』

「ん？　ああ、俺達にはそういう習慣はなかったからな」

『しろうさんの手作りをもらったのは、おれがさいしょ』

「ああ、そういうことになるな。まぁ、ろくなもんじゃないが」

どうにも照れくさくてたまらず投げやりに言うが、凜が激しく首を振る。

『これすごく気にいったから！』

うんうんと大きく頷き、凜は大事そうにペンダントヘッドを握った。その本当に嬉しそうな様子を見て、高槻の胸はほんのりと温まる。何か、もっといろいろなことをして喜ばせてやりたいような、以前の高槻には到底あり得なかった感情が湧き上がる。

「凜、誕生日なんだから、もっと何か欲しいものはないのか？　食いたいものとか。今日はもう遅いが、明日にでも連れて行ってやるぞ」

高槻の言葉に凛はポカンと目を見開いた。

「飯でなくてもいい。何かほかに欲しいものがあれば言ってみろ。俺がこんなこと言ってやるのも今日だけだぞ」

凛は啞然と固まってしまっている。あまりにもらしくないことを言ってしまったので、呆《あき》れられているのだろうか。

どうにも気恥ずかしく間が持たなくなってきたとき、凛が何か思いついた様子でそわそわと視線を揺らした。

「ん？　なんだ？」

答えを促す。

凛は思い切ったようにペンを取るとボードに何か書きかけたが、すぐに消し顔を上げ、久々に見る人形めいた微笑みで首を左右に振った。別にない、という意思表示だろうが、おそらく何か考えついたのだ。

「いいから、なんでも言ってみろ。怒ったりしない。俺でできることなら叶《かな》えてやる」

遠慮している様子を見ていたら、本当になんでも叶えてやりたくなってきた。誕生日に欲しいものを言う――そんな普通の人間なら当たり前にしていることも、これまでずっと、彼には許されなかったに違いないのだ。

凛は困り顔で俯いたままでいる。よほど言いづらいことなのだろうか。そうなると高槻としてはむしろ気になって、ますます聞き出さずにはいられない。

「誕生日くらいわがままになれ。大体おまえはいつも遠慮しすぎる。おまえくらいの歳ならもっと、欲しいものは何がなんでも手に入れてやるくらいの欲があっていいんだ。ほら、言ってみろ」

高槻の後押しに凜は意を決したのか、ボードを胸に引き寄せペンをぎゅっと握った。ゆっくりと時間をかけて書き上げ、躊躇してから板面を向ける。それを読み、高槻は首を傾げた。

『させてほしいです』

書かれていたのはそのひと言だ。意味が掴めず反応できないでいると、凜はボードに再びペンを走らせる。

『お風呂でしたこと』

下に小さく記された一文に封印していた記憶を否応なく引っ張り出され、高槻は言葉を失った。

思わず凜を見た。大きな瞳はもう迷っていない。切実な色を湛《たた》えてまっすぐ高槻を見つめている。

発熱した凜を看病したとき、衝動に負けてその肌に触れた。理性を失って唇を求めた。愛しいとはっきり思い、その頼りない体を両腕に抱き締めた。

あのときのことは互いに高まった熱の見せた夢だったのだと暗黙のうちに流して、あれ以来二人は普通に戻っていた。本当は知りたいことがあるのに、それに手を触れれば今の穏やかな関係が壊れてしまうとわかっているので、あえて避けていたのかもしれない。

高槻自身、凜にはできるだけ接触しないようにし、肌の白さも唇のやわらかさも、記憶から追い出すよう努めてきた。凜も、きっともう忘れている。だからいつも自分のそばで無邪気に笑っていてくれるのだと、当然そう思っていた。

だが、目の前の潤んだ瞳は、真実と向き合うことから逃げていたその思い込みが、明らかに間違いだったことを示している。

凜も、覚えていた。ただ、表に出さなかっただけだ。高槻がその件に触れないようにしていることを、敏感な彼はおそらく気付いていた。だから、求めてはいけないと思っていたのだろう。高槻を、困らせてしまうから。

「凜……それは駄目だ」

なんとか平静を装おうとしても、声は掠れてしまう。

「言っただろう。忘れたのか？」

『おぼえてます』

ペンを握る凜の返答にはためらいがない。

『でも、しろうさんにはしたいです』

書き足される一文が高槻の心を乱す。かろうじて眠らせている感情が、また目覚めてしまいそうになる。

「俺は、そんな礼はしてほしくない」

『お礼じゃない。おれ、しろうさんになら『

「とにかく、それは駄目だ」

それ以上書かせてはいけないと、高槻は強い口調で遮る。

「凜……もういい、やめろっ」

それでも続けて何か書き足そうとしている手から、無理矢理ペンを取り上げた。見るのが怖くて、彼の言葉を奪った。

『おれはしろうさんが』

高槻がペンを奪い取ったせいで書きかけた字は躍り、途中で切れていた。

強引に言葉を取り上げられた凜の、紅い唇がわずかに震え、開いた。彼の心の声が今にもそこから迸り出て来そうで、高槻はおののく。彼の声を聞きたいと思っていたのに、今は聞くのが怖い。

だがひゅっ、と息を吐くような音がしただけで、声は出て来ない。自分の首を絞めるように、凜は右手を喉に当てた。言いたいのに、自分の声で心の叫びを伝えたいのに、と悲痛なその顔は言っている。

激しく首を振った凜は、キッと悲しげな瞳で一瞬高槻を見上げ、ガラスのキツネをひったくりキッチンを飛び出して行った。

「おい、凜！」

追いかけ腕を摑むが振り払われた。

ひらりと細い体を翻し、凜は自分の部屋へと駆け込む。音を立てて締められたドアは、完全に高槻を拒絶していた。

「凜……っ」

扉を開けようとして、手が止まってしまった。

今の凜に、一体何をどう言ってやればいいのか。男同士でそんなことをしてはいけないなどと、すでに我慢できず凜に触れてしまった高槻がどの面下げて言えるというのか。大人ぶった顔で、説得力のない嘘を白々しくつけるのか。凜の澄んだ瞳はすぐに、高槻のごまかしを見抜くに違いない。

（俺のせいだ……）

凜との距離を無意識に詰めすぎていたから誤解させてしまったのだと、高槻は拳を握り締め唇を嚙《か》む。

おそらく凜は高槻に対する純粋な思慕の情を、ああいった行為で表したいだけなのだ。その行為の本当の意味はわかっていない。つまり、恋情ではない。愛しいと、それゆえに欲しいと思いはじめているのは高槻の方だけなのだ。

（くそっ……笑えないな）

心が軋むように痛み、唇が自嘲《じちょう》に歪《ゆが》む。

笑顔を見れば嬉しくて、守りたくて、なんでもしてやりたくて。

触れたくて、口付けたくて、そのすべてが欲しくて。

これは『恋』だと、はっきりと思う。考えないようにしてきたが、自分でもどうすることもできないこの熱情を、それ以外になんと呼べばいいのかわからない。

生まれて初めての純粋で優しく、底なしに深い想いを持て余し、高槻は締められたドアの前になすすべもなく立ち尽くすしかなかった。


携帯電話の着信音に、作業にのめり込んでいた高槻の意識は呼び覚まされた。

時計を見るともう十一時だ。凜と言い合いをしてから三時間、ずっとトンボ玉作りに没頭していたことになる。

苛立《いらだ》った気持ちを静めたいときはその作業が一番効果的だった。現にさっきまでどうしようもなく波立っていた心も、今はかなり落ち着いてきている。

寝る前に一度凜の様子を見に行ってみようと思いながら、高槻は通話を開いた。

『士郎さん、こんばんは』

届いてきた元妻の声を聞き、知らずやや緊張した。このタイミングでかけてきたのは単なる偶然だろうが、凜との間で微妙なすれ違いがあったことを知られているような、妙に後ろめたい気分にさせられる。

『ちょっと間が空いちゃったけど、その後どう？』

理沙子からの電話は一週間ぶりだ。忙しかったせいもあるだろうが、この地で凜がすっかり落ち着いていることに最近は安堵している様子でもあった。

そして彼女自身も順調のようだ。仕事にも慣れてきたらしく、体調も回復しているのが声の感じからわかる。

「別に変わりはない。だが一週間もかけてこないのはどうかと思うぞ。いくら忙しくても電話一本くらいする時間はあるだろう」

理沙子の声がやけにのん気に聞こえ、高槻の口調は意識せず尖ってしまう。

『どうしたのよ。もしかしてご機嫌斜め？　あなたが声を荒げるなんて珍しい』

理沙子は逆に機嫌がいいらしい。笑いを含んだ声で言い返され、高槻は憮然とする。

「凜ならもう寝てるぞ」

『そう……残念。ひと言お祝いを言いたかったんだけど……。今日は凜の誕生日なのよ。プレゼントを送っておいたからそのうち届くと思うわ。注文していたものが店の手違いで今日に間に合わなくて、遅れちゃったの。私が謝ってたって伝えて』

夫婦だったときは高槻と同じで、打算以外の理由で人の誕生日を覚えているような女ではなかった。彼女にとって唯一の肉親であり幼い日を共に過ごした弟は、やはり別格なのだろう。

『子供の頃から誕生日なんか祝ってやれなかったから、いつか何かプレゼントしてやりたいってずっと思ってたの。やっと叶ったわ』

しみじみと嬉しそうな理沙子の声を聞きながら、高槻は無意識に眉を寄せる。

誕生日だというのに、凜は高槻のせいで今きっと悲しい思いをしている。自分のような人格的に欠落のある男に大事な弟を預けておいて心配ではないのか、などと、相手ののんびりした様子に的外れな怒りまで湧いてくる。

「理沙子、言いたくはないが、もっと真剣に凜のことを考えてやったらどうだ」

やや八つ当たり的に苛立った声が出てしまった。

「一体いつまで凜を俺に預けておくつもりだ。転地療養だかなんだか知らないが、いつまでもこんなド田舎にいるのは凜のためにもならないし、可哀想《かわいそう》だと思わないのか？」

電話の向こうで、理沙子が息を飲む気配が伝わる。

『士郎さん……びっくりした……』

「なんだと？」

『可哀想、だなんて……あなたが誰かのことをそんなふうに言うの、初めて聞いたわよ』

心底驚く元妻の顔が想像できて、高槻は気まずさに内心舌打ちする。

「たとえ期間限定でも、凜の面倒を見ている俺には責任義務がある。あいつの様子にはある程度気を配るのが当然だろう」

『本当に、ありがたいと思ってます』

なんとなく楽しそうな笑いを含んだ声で返され、さらに居心地が悪くなってくる。

『私だって悪いと思ってる。あなたにも、凜にもね』

「そう思ってるなら行動で示したらどうだ」

たまには様子を見に来るとか、と高槻が言う前に、迷いのない理沙子の声が届いてくる。

『わかってるわ。あなたにお世話かけるのもそろそろ終わりになると思う。今日はそのことで電話したの』

その意味が一瞬取れず、高槻は言葉を失った。

『こちらの生活もおかげさまで落ち着きそうなのよ。それで今後のことを相談したいんだけど、来週の日曜日会えないかしら。この前の喫茶店で。……士郎さん？』

「ああ、聞いてる」

答えた自分の声がやけに遠く聞こえた。

混乱した頭では、まだ現実が受け入れられないでいた。その日は遠からず来るのだと覚悟をしていたはずなのに、あとひと月あるからと油断していたのか。

『時間は一時でいい？　凜は連れずに、あなただけで来てほしいの』

「来週の日曜、一時だな。わかった。俺一人で行く」

『それじゃ凜のこと、引き続きよろしくお願いします』

通話を切ってからも、高槻は呆然《ぼうぜん》と携帯電話を握り締めていた。

凜を預かったときは、半年という期間はとても長いように思えた。だが実際は、あまりにも短い時間だった。あっという間に季節は移り、あのときの若葉はもうほとんど枯れ落ちている。あとひと月余りで、今年も終わろうとしているのだ。

最初から理沙子は、年内に凜を迎えに来ると言っていた。忘れていたわけではないが、意識して考えないようにしていた現実を改めて突き付けられ、高槻はざわめく胸に手を当てる。

そして、凜のために喜ぶべきなのにまったく嬉しくない自分を認め、苦味に顔をしかめる。

以前と比べ、凜は格段に明るくなった。ガラス工房の同僚とも、ボードを介して普通に会話をしている。これなら東京に戻ってもうまくやっていけるのではないか。理沙子も状況が落ち着いたと言っていることだし、きっと姉弟二人で助け合いながら暮らしていけるに違いない。

こんな田舎に高槻のような偏屈な人間とこもっているよりも、凜にとってはその方がいい。頭ではわかっている。ただ、感情がついていかない。心が納得してくれない。

(手放すのが嫌なのか……？　馬鹿なことを考えるな)

高槻は迷いの靄《もや》に覆われはじめた頭を振った。

このタイミングでの理沙子からの電話は、ちょうどいい機会だったのだ。このまま一つ屋根の下で暮らしていたらどんどん愛しさが募り、また凛に触れてしまわないとも限らない。まだ今の状態なら、距離を取れば二人とも冷静になれる。別れは一時的にはつらくとも、時が経てば思い出に変わってくれるだろう。

取り返しのつかないことをしでかしてしまう前に、一刻も早く離れた方がいい。来週の日曜日、理沙子と会うまでには覚悟を決め、迷いを完全に振りきっておかなければ……。

冷えきった作業場でしばらくそのまま胸のざわめきが収まるのを待ってから、高槻は顔を上げた。灯油の切れたファンヒーターは消えており、暖房のついていない部屋の凍り付きそうな空気が昂《たか》ぶった意識を冷静に戻してくれる。

とにかく、凛の前で動揺を見せてはならない。敏感な凛は、高槻の微細な表情の変化で感情まで読み取ってしまう。理沙子の元へ帰ることを高槻が望んでいないなどと知られたら、凛を悩ませてしまうかもしれない。

(それだけは駄目だ……)

よもや高槻自身が、凛の足枷《あしかせ》になるわけにはいかなかった。

今夜はやけに冷える。凛にもう一枚毛布を持って行くついでに様子を見てこようと、高槻は一つ息をつき立ち上がった。

廊下に出て思わず目を見開く。凛の部屋の扉が少しだけ開いているのだ。

「凜……？」

ロフトを見上げるが返事はない。ランプはついているが、本人の影が動く気配はない。眠っているのだろうか。

階段を上がりロフトのどこにもその姿がないことを認め、背中に冷たいものが走った。

いつも枕元のハンガーにかけてあるコートもない。そして枕の上には、彼にとって一番大切なものが置きっ放しになっている。ホワイトボードだ。そこには急いで書いたと思われる雑な字で、高槻に宛てたメッセージが記されていた。

『東京に帰ります。お世話になりました』

「っ……」

高槻は喉の奥で呻《うめ》いた。

トイレにでも行こうとしたのか、高槻と話をしようとしたのか、部屋を出て来た凜はおそらく、電話をする高槻の話を聞いてしまったのだ。あたかも早く引き取りに来てほしいと言わんばかりに、理沙子を責めるその声を。

布団に触れる。まだ温かい。出て行ってからそう時間は経《た》っていないはずだ。

高槻は一気に階段を駆け下りた。コートを羽織り懐中電灯をひったくって、靴を履くのももどかしく外へ飛び出す。身を切られる冷気が全身を包むが、寒さは感じない。

空は厚い雲に覆われ月も星も出ていない。高槻は明かりのまったくない闇の中の道を駆け出した。

この道をまっすぐ二時間歩けば駅につく、と一度買い物に行くときに教えてしまったのを心から悔やむ。木々の間を這うように続く細い道は舗装されていないどころか、獣道同然だ。第一この暗さでは、明かりなしでは一メートル先だってろくに見えやしない。

「凜！」

名を呼ぶ声だけが、虚《むな》しく木々の間を駆け抜けていく。鳴きかわす鳥の声すら今夜は聞こえない。真の闇に包まれた山中はまるで魔界だ。高槻ですら恐怖を覚えるのに、都会っ子で臆病な凜が平気でいられるわけがない。

昼なら歩き慣れている道を細い懐中電灯の光を頼りに走りながら、後悔だけが頭を渦巻いていた。凜に聞かれてしまうかもしれないことも考えず、どうしてあんな不用意なことを言ってしまったのか。

「凜！　どこだ！」

凜を引き取った翌朝、姿の見えなくなった彼をこうして探した。家の裏にいた凜はハクビシンを指して、ふわっとした頼りない笑顔を高槻に向けた。張り付いた仮面の微笑ではないその素直な笑顔は、色褪《いろあ》せず鮮やかに高槻の胸に焼き付いている。

その画像に今、彼の願いを断ったときの悲しげな顔が重なる。おそらくは相当な勇気を出して告げられた望み——その元にあるのは凜の高槻に寄せる、おそらくは身内に対するような親愛だったのだろう。

それを、話も聞こうとせずに拒否してしまった。

高槻はただ怖かったのだ。もしも凜に触れられたら抑え付けていた想いが暴発して、純粋で真っ白な彼を汚してしまうのではないかと。

強張った顔でびくつき震えていたのが次第に打ち解け、いつからか自然に笑ってくれるようになったのが嬉しかった。いろいろな表情を見せてくれるようになり、明日はどんな顔をするのだろうと想像するだけで、不思議と胸が躍った。

そしていつからか、触れたいと思い、口付けたいと願うようになった。それが間違った愛情だということはわかっている。どんなに可愛くても、愛しくても、許されない自分勝手な想いで凜を汚すことはできない。だからこそ距離を置こうと思ったのに、現実にこうして自分のそばからいなくなると、混乱しいてもたってもいられなくなる。

(凜……戻って来てくれ……っ!)

違う。出て行ってほしいなどと、そんなこと一度も思ったことはない。本当は、理沙子のところに帰したくなんかない。

もうこれ以上、自分を偽ることはできそうもないと、高槻は観念する。

木々の間に細く伸びた道は切り株や岩が剝《む》き出《だ》しになり、昼間でも足を取られ危険だ。それでも足元を見る余裕もなく、ただ前方を照らしながら高槻は走った。凜の足では、まだそれほど遠くへは行っていないはずだ。

大丈夫だ、失ったりしない。絶対に取り戻す。

「っ……」

懐中電灯の光の輪の中に、微かに動くものが映り込んだ。紺のコートを着た背中が見える。右手を木に伝わせながら、闇の中よろめきながら進んで行こうとしているのは、まぎれもなく凜だった。

高槻の全身を一気に安堵が包む。

「凜、待て！」

声をかけるとハッと白い顔が振り向き、動きを止めた。だがそのまま前に向き直ると、よろける足で駆け出す。

「馬鹿、危ない！　止まれ！」

凜の足は止まらない。何があるかわからない危険な闇の中を頼りなげに走って行く。何かにつまずいたのだろう。上半身が大きく前にのめった。

高槻は凜が転ぶ寸前で飛び付き、細い体を後ろから抱き留めた。懐中電灯が足元に転がり、漆黒の闇が二人を包む。完全な無音の中に、互いの息遣いだけが響く。

強張った体を両手でしっかりと抱き締め、高槻は凜のわずかな抵抗を奪う。冷えきった体にぬくもりは感じられない。

こんなときですら言うべき言葉をみつけられない、自分の語彙の貧弱さが呪《のろ》われる。ただ腕に力を込めることで、離したくないという気持ちを伝えるしかできない。

ボードを持たない凛も、今は気持ちを言葉で表せない。闇の中では互いの表情すら見ることがかなわない。ひたすら鼓動だけが響き合い、口に出せない想いをひそやかに伝え合う。

「うちへ帰ろう……」

どのくらいそのままでいたのかわからない。凛の体にほのかにぬくもりが戻って来たことを確認し、高槻は言った。自分でも聞いたことがない、力のない哀願するような声だった。

凛がわずかに身じろぐ。

「もう逃げないか？　だったら離してやる」

どこにも行かないと約束してくれるまでは、到底不安で離せない。ここで離したら、やけに儚く感じる彼の存在自体がこの場で消えてしまいそうな気がしたのだ。

頼りない胸に回した手に、冷たい感触が触れる。凛の指だ。小さな手は、もう逃げないよ、というように、高槻の手をきゅっと握ってくる。その手を強く握り返し、高槻はやっと腕の力を抜いた。

背を向けていた体が高槻の方を向く。足元に落ちた懐中電灯の明かりがわずかに届き、白く繊細な顔を浮かび上がらせる。驚きと、不安と、そして心から安心した顔。

きっと怖かったのだろう。握った手がまだ少し震えているのは、おそらく寒さのせいだけではない。

「さぁ、行こう」

冷えた手を握ったまま、空いている方の手で懐中電灯を拾い上げると、凛を促し高槻は歩き出す。静かな闇の中寄り添って、二人の家へと戻って行く。

夏に、このあたりで凛と野草やきのこを採ったことを思い出した。木漏《こも》れ日《び》が優しく差し込むその下で、凛は控えめに笑っていた。

今は凍えそうで静かな闇の中を、繋いだ手と手でぬくもりを分け合って、ゆっくりと歩いている。

楽しそうな凛。悲しそうな凛。嬉しそうな凛。不安そうな凛。

たくさんの凛と、もう何年もずっと一緒にいたような気がするのはなぜだろう。高槻の人生の中で、凛と過ごしてきたこの数ヶ月が、何十年分にも値するような意味を持っているからなのかもしれない。

ふわり、と白いものが目の前を横切った。凛の目が大きく開かれ、上空を見上げる。高槻が懐中電灯を空に向けた。

暗い空からまるで天使の羽のように、小さな綿の欠片《かけら》みたいなものが舞い降りてくる。

初雪だ。

凛が少しだけ、高槻の方に体を寄せた。握った手を離し肩を抱いてやると、強張ったままの体がわずかに震えた。

言葉を発しない二人の耳に、凍った空から落ちてくる雪の音が届く。無音の中染み入ってくるその音は、告げることのできない高槻の想いを代弁してくれているかのようだった。


二人しっかりと寄り添ったまま家に入り、そのまま凜の部屋に戻ってロフトに上がった。震えている凜を布団の上に座らせコートを脱がせ、代わりに毛布をかけてやる。小さな灯油ストーブをつけると、ほのかな炎が暗い空間をやわらかく照らした。

「もっと寄れ」

ストーブの方に体を押してやると、凜は素直にそちらににじり寄り、冷えきって赤くなった手をかざした。少しずつ頬に赤味が戻ってくる。

「どうして出て行ったりしたんだ」

わかっているのに、聞かずにはいられなかった。

凜はおもむろに高槻の方に顔を上げる。不安げな瞳が揺れ唇がわずかに開かれるが、やはり、声は出ない。

枕の上にあったホワイトボードを取り、いつものように首からかけてやった。凜は両手をこすってからペンのキャップを取った。

『おれ、しろうさんのめいわくになってるから』

「迷惑じゃない。そう言わなかったか？」

凜はややためらう風情だったが、思い切ったようにボードに向かう。

『電話でねえさんに、引き取りにこいって』

思ったとおりだ。高槻は自分のうかつさに改めて歯噛みしつつ首を横に振る。

「凜、そうじゃない。違うんだ」

『おれがあんなこといったから、いやになったですか』

「違うと言ってるだろう」

手が無意識に動いて、細い肩を引き寄せていた。

凜が出て行ったと知ったとき、頭の中が真っ白になり何も考えられなくなった。夜の闇の中、遭難するかもしれない森へひとり出て行く危険を思ったからだけではない。

ただ、手放したくなかったから。どこにも行ってほしくなかったからだ。

「くそっ……どう言えばいいんだ……。俺だってわかってる。姉さんに、おまえを返さなければいけないことは。だから姉さんにはああ言ったが、本当は……」

言葉に詰まるのは、本当の気持ちをごまかそうとしてしまうからだ。ずっと仮面をかぶって生きてきたつけが、こんな大事なときに回ってきている。

やりがいのない仕事に血道を上げる暇があったら、どうしてもっと、真の想いを人に告げる術《すべ》を身につけておかなかったのだろう。自分の気持ちを率直に人に伝えるというだけの簡単なことが、高槻にとっては相当に高いハードルなのだ。

言葉でうまく伝えられない分、抱いた肩をそっと撫で、甘い花の香りのする髪に唇を寄せると、凜がほんの少し身じろいだ。抵抗するのではなく、恥じらうように。

「おまえに、いてほしい」

見開かれた澄んだ瞳が当惑の色を映す。左手がおずおずと伸ばされ、高槻の袖《そで》を握った。

右手は言葉を綴ろうと板面を動く。

『おれ、このまましろうさんと一緒にいてもいいですか』

「ああ」

躊躇《ちゅうちょ》なく頷いた。今だけは、ごまかしたり嘘《うそ》をついたりはしたくない。

凜の長めの前髪をかきあげ額に口付ける。愛しくてたまらず、我慢できずにキスしてしまうなどということは、絵空事の世界のことだけではないのだと、高槻は驚きと共に思い知る。

もっと強く抱き寄せたいのに、体を硬くした凜は微かに首を振りボードに向かう。

『しろうさんは』

そこでペンが止まる。動かない。躊躇している。

「なんだ」

ペンを摑んだまま止まっている手を軽くさすってやると、凜は不安げに俯いたまま続く文字を書く。

『ねえさんのことがまだ好きですか？』

思いがけない言葉に高槻は目を疑う。

「どうしてそう思う」

俯いたままの瞳が陰りを帯びた。

『おれ、ねえさんに似てるっていわれるから』

要するに凜は、姉と顔形が似ているがゆえに高槻が自分を構ってくれるのかと言っているのだ。凜の中に、理沙子の面影を見ているのではないかと。

「姉さんとおまえとは全然違う。彼女のことはなんとも思ってない。本当だ」

即答した。

「凜、こっちを向け」

じれったくて促すと、まだ不安の抜けきらない瞳が上げられる。高槻は手を伸ばし、もうためらわずにその頬に触れる。滑らかな優しい手触りを確認するようにそっと撫でると、大きな目がわずかに細められた。

「俺から見ると、おまえ達は全然似てない。血が繋《つな》がってるのが不思議なくらいだ」

確かに顔の造作自体は似ているのかもしれないが、高槻はそれを意識したことはない。ただ、理沙子の隙のない美しさには一度も惹《ひ》かれたことはなかったのに、目の前の凜の慎ましい花のような繊細な顔には心を動かされる。触れたいと素直に思う。
頬から半分閉じられた瞼、すっと通った細い鼻筋から桜色の唇にかけて指先でなぞってい
くと、閉じられていた唇が物言いたげに開かれた。高熱の凜を看病し、初めてそこに触れた
夜の記憶がふいによみがえってきた。
ボードの上を、凜のペンが動きかける。
『しろうさんは』
「もういいから、今は何も言うな」
続きを綴《つづ》ろうとする手を握って、ペンを止めた。
澄んだ瞳でじっと高槻を見つめていた凜は、高槻の想いをくみ取ったのか素直に頷き、ボ
ードを首から外して枕元に置いた。そのままじっとしている凜をそっと引き寄せ、両手で抱
き締める。愛しいという気持ちが全身を包み込み、次第に熱を高めていく。
「凜……」
名を呼び、肩に伏せられていた顔を上げさせた。白かった目元がほんのりピンクに染まっ
て、瞳はうっすらと潤んでいる。そこに映るのは全幅の信頼だ。高槻が何をしても、きっと
彼は拒まない。
凜が眩しそうに瞳を閉じるのに合わせ、誘われるように唇を重ねた。凜はビクリと肩を震
わせたが、すぐに全身の力を抜き高槻に寄りかかってくる。

探るように差し入れた高槻の舌に、凛はぎこちなく自分の舌で触れ、受け入れてくれる。そのやわらかい感触がもっと欲しくなり、口付けは自然と深くなる。

「凛……」

唇を離し耳元で名を囁《ささや》くと、凛は自分から体を高槻に擦り寄せ、もじもじと控えめにしがみついてきた。太腿《ふともも》の上に乗り上げさせる形で相手を上に座らせて、くるむように抱いてやる。

この地にひとりこもってからはずっと忘れていた、甘い感覚が下半身を疼《うず》かせていた。その変化はきっと、密着している凛にも伝わってしまっているはずだ。高槻の胸に伏せられた頬は上気し、恥じらった瞳はそらされている。だが、嫌がってはいない。

袖をしっかりと摑んでいた小さな手が離れ、そろそろと下りて高槻の熱くなった部分に服の上から触れてきた。『させてほしい』と書かれた少し震えている字がよみがえり、いけないと理性が囁いたが、切ないほどの高揚感がそれを打ち消す。

「凛……俺も、おまえに触っていいか」

声は震えてしまっていた。凛が小さくコクコクと、しかしはっきりと頷くのを見てたまらなくなる。

たとえ凛が許しても、許されることではない。純粋無垢《じゅんすいむく》な凛が従順に受け入れてくれるのをいいことに、欲するがままに触れようとしている。そんな自分が彼を虐待していた男とどう違うのだ、と思ったら自身に対し激しい嫌悪感を覚えたが、もう愛しさが止まらなかった。

「怖いことはしない」

免罪符のように言って、桃色に染まった頬に口付けながらベルトに手を伸ばす。

風呂で全裸を見たときは、むしろその痩せた背中や痛々しい傷痕の方に目を奪われ、欲情などまったく起きてこなかった。だが今は、自分でも戸惑うくらいに昂ぶっている。凛に触れて、快感を引き出してやりたいという想いで頭がいっぱいになっている。

焦《じ》れる指でベルトをはずし、ジッパーを引き下ろした。凛はいやいやをするように首を振りながらも、甘える仔猫《こねこ》みたいに頭を高槻の肩に擦り付け、すがりついてくる。

触れるだけで壊れそうな薄いガラスを扱うように、細心の注意を払って下着から取り出した凛自身は、控えめに硬さを持ちすでに先端を濡らしていた。凛は掠れ声さえ出さずにただ体を揺らしながら、薄い瞼をきゅっと閉じている。

「凛……怖いか？　嫌か……？」

首はすぐに横に振られた。高槻自身に触れていた手が、凛のものを握った高槻の手にそっと触り、『いいよ』というように指先でそろそろと撫でてくる。伏せられた頬が真っ赤になっているのを見てしまったら、そこで思い留まるのはもう無理だった。

怯《おび》えさせないようにおもむろに手を動かし中心を擦《さす》ってやると、ふるふると体が震えて息が速くなる。それでも小さな腰が少しだけ動いているのは気持ちがいいのだろうか。可愛らしい仕草も恥じらった頬も、何もかもが愛しい。

そのままゆっくりと扱《しご》き上《あ》げ高みへと導いている途中で、凜が急に首を振り、再び高槻のものに手を添えてきた。不器用な手がジッパーを下ろそうとしてくる。高槻も一緒に、とその手が伝えてきて全身が熱くなった。

高槻は凜の手をどけ自分でジッパーを下ろし、痛いほど張り詰めた自身を取り出した。凜の小ぶりなものとまとめて握り込むと、いきなり触れた高槻の熱に凜はビクリと肩を震わせた。

そしてその手がそろそろと、高槻のものに触れてくる。細い指が形を確認するように、根元から先まで何度も往復する。快感よりもこそばゆさを感じる愛撫《あいぶ》が、もどかしさと共に胸を震わせた。

こんなふうに、相手を愛しいと思う気持ちが快感に変わるような、そんな触れ合いは経験したことがない。計算ずくや義務的なセックスしか知らなかった高槻にとってそれはとても新鮮な感覚で、触れ合うこと自体が神聖な行為のように感じられてくる。

指先で凜の形を丹念に確認しながら、欲望に打ち震えるそれを優しく擦る。空いている腕でその背を抱き締め、しとどに雫をこぼす先端を円を描くように指で刺激してやると、凜は全身を震わせて達した。

相手を絶頂に導いてやったというその事実がさらに高槻を追い上げ、決して上手《うま》いとは言えない凜の愛撫で我ながら信じられないほど呆気《あっけ》なく逐情する。

互いの吐き出したもので濡れるのも構わず、二人は隙間がないほどぴったりと抱き合う。高槻の顔を見たがる凜の頭を押さえ付け、肩に伏せさせた。今目が合ったら後先考えずに、膨れ上がる熱情をそのまま口にし、それ以上の行為に及んでしまいそうで怖かった。

心の底に秘めているのは、たった一つのシンプルな言葉だ。だが、それを告げてしまうことはできない。どんなに愛しいと思っても、近々彼を帰さなければならないという現実は変わらないのだ。

それでも腕の中の体は温かく、寄り添っているのがあまりにも心地よくて、どうしても離すことができないでいる。叶うことならこれから先も、こうしてそばにいてほしい。そのぬくもりさえ傍《かたわ》らにあれば、モノクロームだった自分の人生に、優しいパステルの色がつく気がするのだ。

しかし、それは許されない願いだった。

(欲しがるな……望んでも、叶わないものを……)

恋は幸せなものなのだという。それならなぜ自分の恋は、これほどまでに苦しく切ないのだ。

息苦しさを感じ喘《あえ》ぐように目を上げると、天窓に降りかかってくる白い粉雪が見えた。知らぬ間に降り積もる想いのように窓を覆っていくその雪を、高槻は胸の痛みをこらえ物言わ

ぬ凛の背中を撫でながら、ただ息を詰め見上げていた。

＊

時計を見る。約束の時間まであと十五分だ。高槻は渇いた喉をコーヒーで潤し、窓の外に漠然と視線を投げた。

ほぼ半年前、同じ席で理紗子と会ったときは暗い雲が上空を覆い景色を灰色に見せていたが、今日は見事なくらい晴れ渡った青空が広がっている。六日前にちらついた雪も冬の先触れ程度のものだったらしく、ほとんど積もることなく止《や》んでしまった。

ここで初めて凛と会い、五日後には引き取り、連れ帰った。夏が終わり、秋になり、そして今冬が来ようとしている。その間にあまりにもいろいろなことがありすぎて、自分自身が丸ごと生まれ変わってしまったような気分だ。

（もう、冬なのか……）

急に感傷的になり、凛との思い出に浸りそうになった自分を高槻は叱咤した。浮かれてはいられない。これから、目をそむけてきた現実と直面しなくてはならないのだ。

早めに出てきたのは、気持ちを落ち着かせたかったからだ。六日前の電話で、理沙子は凛を引き取るつもりだとはっきり言っていた。今日はその話をするために来るはずだ。

高槻の理性はその事実を冷静に受け止め、凜を姉の元に帰すべきだと言っている。それが当然なのだから、と。だが感情の方は、まだ納得してくれてはいなかった。

我慢できずに触れて共に達してしまった夜以来、高槻と凜の間には再び穏やかな空気が流れていた。迷惑ではない、ここにいてもいいのだと、高槻に言われて安心したのだろう。凜はまた無邪気に笑い、屈託なくはしゃぎ、安らかな表情で毎日を過ごしている。

しかし、一度触れ合ってしまった感覚は互いの中に熾火のように残り、ふとした拍子に表面に出てきてしまう。夜、居間で並んで座りくつろぐとき、湯たんぽを持っていってやるときなどに、切なげに向けられる凜の視線を感じても高槻は気付かないふりをした。

恋情に負けてそれ以上進んでしまったら、今度こそ本当に後戻りできなくなってしまう。それが怖い。

高槻の方がいくら愛しくても、凜が高槻に寄せる感情は恋愛ではないかもしれないのだ。家庭的に愛情に恵まれずつらい想いをしてきた凜は、家族的な親愛の情で高槻に寄り添ってくれている可能性が高い。それならば本当の家族——理沙子と暮らすのが一番いいに決まっている。

凜を手放したくないというのは高槻の勝手な想いで、はたして凜にとってそれがいいのかと冷静に考えれば、答えは否だった。

しかし土壇場の結論を迫られている今になっても、高槻はまだ気持ちを決めかねていた。

本当のところは、凜のことをもう少し預からせてほしいと言いたい。だが凜のためを考えるならば、そう言えるだけの理由がみつからないのだ。

のどかなカウベルの音と共にドアが開かれる気配に、高槻は堂々巡りをする思考を打ち切り頭を切り替えた。

理沙子が入って来る。首元にファーのついたムートンのコートは、都会的な雰囲気の彼女によく似合っている。

そして意外なことに、彼女は一人ではなかった。長身の背に隠れるようにして、黒縁眼鏡《めがね》をかけた地味な男がついてきている。華やかな美人の理沙子と並ぶと、彼はまるで冴《さ》えない従僕のように見える。

「あら、待たせてごめんなさい」

理沙子はまっすぐ高槻の方へ進んでくると、唇にやわらかい微笑を乗せた。前回は目の下の隈《くま》を隠せず頰もこけやつれて見えたが、目の前の彼女は明らかに血色がよくなり、顔付きから険も取れている。心身共に順調に回復しているようだ。

「士郎さん、紹介するわ。こちらは田丸茂義《たまるしげよし》さん。心療内科のクリニックの先生をしてらっしゃるの。田丸さん、こちらが高槻士郎さん。私の元夫よ」

「いやぁ、はじめまして。田丸です」

造作は二枚目とは到底言えないがとても感じのいい笑顔で、男が丁寧に頭を下げ名刺を差し出してきた。高槻も思わず立ち上がる。

「どうも、高槻です。あいにくと名刺は持っていませんが」

「いえいえ、堅苦しいのはなしにしましょう。高槻さんのことは理沙子さんからよく伺ってるので、初めてお会いした気がしないですしね」

その心底嬉《うれ》しそうな顔が演技ならオスカーものだ。田丸はどうやらお愛想ではなく本心からそう言っているようで、真意がわからず高槻はやや警戒する。

「凜は、今日どうしてるの？」

「工房に預けてきた。俺はちょっと仕事で出かけると言ってある」

理沙子の問いに答えながらとりあえず席に座り、高槻は田丸からもらった名刺をもう一度確認する。肩書は『メンタルクリニックＴＡＭＡＲＵ院長』となっている。住所は世田谷区の一等地だ。

心療内科医ということは、凜の病のことで同行したのだろうか。

首を傾《かし》げる高槻に向けて、理沙子から発せられた言葉は予想外のものだった。

「士郎さん、私、この田丸さんと再婚しようと思ってるの」

「再婚？」

思わず聞き直し、高槻は正面に座った人のよさそうな男の顔を改めて見直す。田丸は元々細い目をさらに細めて、照れたように首をすくめ頷いた。

お世辞にも美男とは言い難い容貌。むしろ風采の上がらない彼を、理沙子が伴侶《はんりょ》に選んだというのがまず意外だった。以前の彼女なら自分の立ち位置をワンランクでも上げるために、並んでも釣り合う見栄えのいい男ばかりをセレクトしてきたはずだ。

「あなたの言いたいことはわかるわ。でも、私も前の私とは違うのよ。あなたが変わったようにね」

苦笑気味に理沙子が言った。

「田丸さんは凜の主治医よ。私自身のことも含めていろいろと相談に乗ってもらっているうちに、自然とそういう気持ちになったの。時期を見て入籍したいと思ってるわ」

そう言った元妻の頬が、ほんのりと桜色に色づいているのを見て高槻はさらに驚く。ほとんど感情を表に出さない彼女が、今は抑えきれない幸福感を素直に滲《にじ》ませている。隣に座ったいかにも温厚そうな彼が、理沙子をここまで変えてしまったのか。

「私のクリニックに来られたときは、凜君も理沙子さんも精神的にとても疲れていました。お二人と時間を過ごすうちに、なんとか力になってあげたいと強く思うようになりまして。そのうち医師という立場を超えて、彼女を愛するようになったんです」

『愛する』などという言葉をてらいもなく自然に言える田丸は、高槻とは正反対の恵まれた環境で育ったふうに見えた。穏やかな笑みにも、コンプレックスのないまっすぐな眼差しにもそれが表れている。

「おめでとう、と言いたいところだが、君が再婚したら凜のことはどうするつもりだ？　ちゃんと考えてやってるのか？」

口では真っ当なことを言いながら、二人が結婚し居場所がなくなった凜を自分が引き取ることはできないかなどと、淡い期待が浮かんだのは否めない。

「もちろん一緒に暮らすわ。そのことは田丸さんも承知しています」

理沙子は当然のように言って、高槻の愚かしく虚しい期待を打ち砕く。

「承知している、といいますか、むしろ私からお願いしたんです。凜君も一緒に、家族三人で暮らそうと」

『家族』と言ったときの田丸の顔が本当に幸福そうに微笑んだのを見て、高槻は言葉を飲み込んだ。

「私は今年で四十になったんですが、十年前に片親だった父が急逝してクリニックを継いで以来、ほかに身寄りもなくひとりで暮らしていましてね。理沙子さんと凜君との交流が始まってからは、孤独で寂しかった心に陽だまりができたような気がしたんです。お二人と家族になってずっと一緒にいられれば、この先の人生がどんなに満たされるだろうと心から思いまして、それで思い切ってプロポーズしたんです」

商社マン時代に、相対する人間を見抜く観察眼は相当養ってきた。田丸はおそらく、疑いようもなく善良な人物だ。

高槻は深く息をつき、言いづらいことを言うべく口を開いた。

「田丸さん、彼女とのつき合いは長くてもここ一、二年くらいですよね」

「はい。えー、一年半になりますか」

「私は四年暮らしましたが、彼女があなたの求めるような温かい家庭を作れるかどうかについては甚《はなは》だ疑問に思います。笑顔のない家庭に、凜をまた戻したくない」

元夫とはいえすでに他人と婚約した女性に対して、ひどい暴言を吐いた自覚はあった。さすがに理沙子も顔色を変える。

だが、以前の彼女の性格から考えると、凜のために羽振りのいい開業医の妻という地位を手に入れて居心地のいい場所を用意してやろうと計算し、彼に近付いたという可能性もあった。だとしたら、田丸も不幸だ。

フィアンセを侮辱されたというのに、田丸は穏やかに笑っている。

「温かい家庭は互いに想い合い、いたわり合う心が作っていくものです。高槻さんはそう思われませんか?」

ものやわらかな口調で、夫婦仲がうまくいかなかったのは高槻にも責任があるのではと指摘され、反論のしようがなく絶句してしまう。ただニコニコしているだけの、人のいい男でもなさそうだ。

「私は凜君だけでなく、理沙子さんのカウンセリングもさせてもらってきました。彼女は成長過程でとてもつらいことが多くて、それが今の寂しいパーソナリティーを作ってしまっているということは、高槻さんもご存じですよね？　それを癒すために私にできることがあれば、何でもしてあげたいと思っているんですよ」

そう言って理沙子を見る目は底抜けに優しく、田丸が本気で彼女を愛していることは明らかだった。その田丸を見返す理沙子も、計算ずくでは作れない素直な笑顔だ。

だが、元妻がやっと本当の幸せを手に入れたことを祝ってやる余裕は、今の高槻にはなかった。それよりも、このままだとすぐにでも凜を引き渡さなければいけなくなるのではという焦りから、次第に落ち着きを失いはじめる。

「あなたが彼女を真剣に想っておられることはわかりました。ですが、凜はどうです？　正直に言ってください。凜は彼女の弟だから、仕方なく引き取るということではないのですか？」

「士郎さん、ちょっと失礼じゃない？」

「いいんだよ。高槻さんが心配されるのも当然だから」

いきり立つ理沙子を押し留め、田丸は円満な笑みのまま高槻に向かう。

「凜君とは医師として何度も面談させてもらううちに、すっかり仲良くなったんですよ。プライベートでも、たまに三人で食事をしたりしました。そうして交流していくごとに、私は彼が大好きになりましてね」

そう言って、田丸はとろけそうな顔で笑う。

「最初はほとんど表情に動きのないおとなしい子でしたが、本当は天真爛漫《てんしんらんまん》で聡明な少年だと次第にわかってきました。つらい想いをたくさんしてきたから人の表情を窺いすぎてしまうところがあるけれど、それが逆に他人への細やかな気遣いや思いやりにもなっている。凛君はとてもいい子です。あぁ、でももちろん、高槻さんもそんなことはとっくにわかってをられますよね」

決めつけられて高槻は鼻白み、分厚い眼鏡の奥の澄んだ瞳を軽く睨《にら》むように見返した。一見凄《すご》みのある高槻の強い視線を受けても、田丸はまったく表情を変えない。まったりと微笑んだままだ。

本当の凛をわかっているのは自分だけだ、などと、何を根拠に思っていたのだろう。ここにも、凛の仮面を取った素顔を的確に見抜いている人間がいるではないか。

高槻の焦りは深まる。目の前の温厚で善良な男に凛を預けられない理由を、こじつけでもいいから見つけたいと思ってしまう。

「田丸さん、あなたは心療内科医として凛のカウンセリングをしてらしたということですが、凛はここに来てからもひと言もしゃべっていない。失礼ですがあなたの治療に効果があったとは、私としては思えない」

「私はね、高槻さん、それは自然に任せればいいことだと思ってるんです」

高槻のくってかかるような言い方にも、田丸は動じず静かな口調で応じる。この一見印象の薄い平凡な男の口から出る言葉は、まるでヒーリング効果のある音楽のようだ。

「口で話さなくとも、彼はあのボードを使って十分話ができます。必要なのは彼が話したいときにそれをちゃんと聞き、受け入れて見守ることだと思うんです。別に、一生しゃべれなくてもいいじゃありませんか。それで凜君という人間の価値が、下がるわけじゃありません」

反論の言葉が浮かばず、高槻は口を噤《つぐ》んだ。

おそらく田丸は理沙子のことと共に、凜のことも深く理解している。まだたったの半年分しか凜を知らない高槻よりも。

「ちょうど私のクリニックで、簡単な事務をしてくれる人を一人欲しいと思っているところなんです。もし凜君がＯＫしてくれれば、無理しない程度にやってもらいたいと考えているのですが、高槻さんはどう思われますか?」

まさかそんな大事なことを、赤の他人の自分が相談されるとは思わなかった。試しているのかと疑ったが田丸の他意のない澄んだ目を見れば、純粋に凜の理解者としての意見を求められていることは明らかだった。

「凜はできますよ。今も私の勤めているガラス工房の雑用を、喜んでやっていますから」

そう答える自分の声がやけに苦みを帯びているのを、高槻は自覚した。

「そうなんですか。それはいいなぁ。凜君はこちらの暮らしにすっかり馴染んでいるんですね」

本当に嬉しそうに田丸が頷く。

「凜君の転地療養を提案したのは私ですが、理沙子さんがあなたに凜君を預けると言い出したとき、正直心配したんです。元ご主人とは言っても凜君とは初対面のあなたに、繊細な彼をお預けしてもいいものかと。でも、彼女は大丈夫だとはっきりと言い切りました」

意外に思い理沙子を見ると、元妻はやや気まずそうに肩をすくめた。

「それは……結婚していたときはうまくいっていたとは言えなかったけど、お互い様ってところもあるし……これでも悪かったと思ってるのよ。それにあなたは私にまったく関心がなかっただけで、基本的には夫として誠実だったわ。お給料はちゃんと家に入れるし浮気はしないし、私が好き勝手していても文句の一つも言わなかったしね」

関心がなかったのに結婚したこと。彼女の生活にも影響が出るのに、相談もなく勝手に会社を辞めたこと。高槻にだって非はたくさんあるはずだったが、理沙子はお互い様と流してくれようとしている。

「いや、そんなのは最低限のことだ。俺の方こそ君には……」

「もういいわよ、やめましょう。結婚中のことを謝り出したら、私達きりがないんだから」

理沙子は苦笑し片手を振った。

「とにかく、あなたは他人に対して興味がない分、弱い人間を傷付けるようなことは絶対しないと思ったの。あなたがたまたま地方に住んでいたことも、ほかに誰も頼れる人がいないっていうこともあったけどそれだけじゃなく、あなただったら大丈夫だろうと感じたのよね」

「理沙子さんは正しかった。いや、それどころか予想はいい意味で裏切られたようです。無関心どころか、あなたは凜君を思いやりとても大切にしてくれた。高槻さん、ありがとうございます」

今度は田丸に頭を下げられ、高槻は居心地の悪い複雑な感情を噛み締めた。

田丸は理沙子と共に凜の身内側として、一時的に面倒をみていた他人である高槻に礼を言っている。凜が自分の側ではなく彼らの側の人間だということを、改めて突き付けられた思いだった。

「私が凜の面倒をちゃんと見ていたかどうか、まるで知っているようなことを言うんですね」

「ええ、ちゃんと知っていますよ」

声に苛立たしさを滲ませた高槻の言葉に、田丸は何度も頷きながらやわらかな口調で応じる。

「実はね、凜君は定期的に私に手紙をくれるんです」

「手紙？」

思わず聞き返しながら、買い物に出た際に凜がたまに商店の隣の郵便ポストに白い封筒を入れていた情景がよみがえってきた。そのときは理沙子宛てかと思い特に気にも留めなかったのだが、まさか医師の田丸への手紙だったとは。

「カウンセリングの一環で、凜君と私は以前交換日記をしていたんです。その名残《なごり》もあって、私にいろいろこちらでの生活を話したかったんでしょうね。ここでの暮らしが本当に楽しいと、毎回便箋十枚以上にわたってびっしり書いてくるんですよ」

田丸はその手紙の内容を思い出しているのか、楽しげに目を細める。

「それを読んでいたので、あなたの存在が彼にとってどんなに大切なものになったのかはよくわかっています。だから私はあなたにお会いして、ぜひお礼を言いたかった」

その手紙にどこまでどんなことが書いてあったのかは知らないが、田丸はまるですべてを見通しているかのように高槻に向かって微笑みかける。

その温かい笑顔を見て、高槻にもわかった。田丸が自分と同じくらい、凜のことを真剣に案じているのだということを。そしてその想いは高槻が凜に抱いている恋情とは違う、純粋な肉親の情なのだ。

「私も田丸さんから聞いて、ちょっと意外だったわ。あなたがあの子のことを、そんなに大事にしてくれてるなんてね」

皮肉のこもった口調ではなく、本心から驚いている様子で理沙子が言った。そして、改まって頭を下げる。

「士郎さん、本当にいろいろお世話をかけました。そういうわけだから、凜は早いうちに引き取らせてもらうわ。私自身はもう田丸さんと一緒に暮らしているし、その家に凜の部屋も用意してもらってるの。周りは静かだし近くに公園もあって、とてもいいところなのよ。私は仕事を続けるつもりだけど、自宅の隣の医院には田丸さんがいるから、日中凜がひとりになることもないしね」

高槻も当然それを喜ぶと思っているのか、理沙子は声を弾ませる。

「早く会いたいわ。あなたさえよければ、このまま迎えに行って、連れて帰ってもいいんだけど……」

「理沙子さん」

勢いづく理沙子の腕にそっと手を乗せ、田丸がおもむろに首を横に振る。

「高槻さんと凜君の都合もあるだろうから、時期はお任せしようよ。……高槻さん、いつでも、そちらのいいときに声をかけてください。私達はまた参りますから」

そう言って向けられる穏やかな眼差しは、まるで高槻の中の焦りを見抜いているようだった。もう何も言うべき言葉を見つけられず、高槻は田丸を見返す。小柄なその姿が今はひと回り大きく見え、高槻は視線を伏せた。

「わかりました……そのときには、またよろしくお願いします」

高槻の複雑な心境を察してのその行き届いた配慮には、ただ黙って頭を下げるしかなかった。

凜をこのまま自分の所で預からせてもらえないかという言葉は、ついに高槻の口から出ることはなかった。

実の姉の理沙子の再婚相手で凜の義兄となる田丸は、凜の難しい状態を理解し、寛容な心ですべてをありのままに受け入れていた。その上都内の一等地に医院を構え経済的にも恵まれ、凜の自立も助けようとしている。凜にとって、新たな出発には理想的な環境だ。

精神的に不安定だった以前の理沙子にだったら、高槻も凜を返せないとはっきり言えたかもしれない。だが今はもう、断る理由が何一つ見当たらなかった。むしろ高槻の手元に留めておく方が凜にとってはマイナスだということも、理性ではよくわかっていた。

闇雲に拒否したがっているのは、自分でも扱いかねる独善的な感情の方だ。愛しくてしょうがない、離れたくないという歪んだ想いが邪魔して、決心ができないでいるのだ。

二人と喫茶店で話をしてから、はや十日が過ぎた。理沙子からは相変わらず三日置きに電話がかかってくる。田丸との婚約で尖《とが》っていたところがなくなり、以前より素直に感情表現するようになった彼女が、凜と早く一緒に暮らしたいと望んでいることは弾む声からも伝わってきた。

理沙子と田丸の婚約の件も、末は凜も一緒に三人で暮らすことも、精神状態がよさそうなときに高槻から凜に話してほしいと田丸に一任されていた。だが高槻は、凜にはまだそのことを言い出せないでいた。

何も知らない凜は、相変わらず屈託なく工房の雑用に、家事に、トンボ玉作りにと飛び回っている。寝る前はいつもおやすみの代わりに高槻の腕にそっと手を触れ、恥ずかしそうに見上げ笑いかけてくる。そのはにかんだ笑顔を見るたびに、決断の針は左右に大きく振れる。

もしも姉がすぐにでも一緒に住みたがっていることを告げたら、凜はなんと言うだろう。この人里離れた山奥の生活がひとときの夢みたいなものだったのだと気付き、我に返ってしまうかもしれない。姉を恋しがり、帰りたいと言いはじめるのかもしれない。

そう考えると、心の中を凍った風が吹き抜けていくようだった。

歯止めが利かなくなり触れてしまったあの夜以来、凜には性的な意味で触れてはいない。凜が物言いたげに寄り添ってきたときは、理性を総動員してそっと抱いてやるだけに留める。凜はそれだけでもホッとするのか、安心しきって高槻の腕の中で力を抜く。純粋な信頼が伝わり、そのたびに高槻は罪悪感に囚《とら》われる。

本当はもう一度凜に触れたい。胸苦しいようなその淡い欲情は、どんなに消そうとしても高槻の中にあり続けている。もしもこのまま冬になれば、雪に閉ざされ外部と隔絶されるこの狭い世界の中、たった二人で取り残されたような気持ちになって、再び凜を求めてしまうかもしれない。

それは決して、許されないことだ。

自分本位な誤った感情で、凜を束縛するわけにはいかない。何よりも優先すべきは、凜の幸せだ。その将来だ。一体どうするのが彼のために一番いいのか、そんなことは考えるまでもなく、もう答えは出ているのだ。

コンコン、という音で、思案にくれていた高槻はハッと我に返る。正面に座った凜がテーブルを叩《たた》き、ボードを向けている。

『しろうさん、最近元気ないです。なにかありましたか』

心配そうな瞳が向けられていた。高槻は食後の紅茶をひと口飲んで、気持ちを落ち着かせてから首を振る。

「ああ、いや、なんでもない。これから雪の日が多くなるから、いろいろその準備があるなとちょっと気が重くなってな」

『手伝います』

ワクワクと笑顔になる凜に微笑を返す。

「ああ、頼むぞ」

『おれは雪たのしみ』

「東京では、降ってもそれほど積もらないだろうからな。雪に埋もれる景色は珍しいだろう」

凜は大きく頷き、つけ足す。

『しろうさんと、雪の音を聞くのも』

覚えていたのか。

夜の完全な静けさ、究極の無音の中で、積もっていく雪の『音』だけが体の芯まで染み入ってくる。

今までの冬は、ずっとひとりでそれを聞いていた。今年は二人で寄り添い、ぬくもりの中で聞けるかもしれないと、夢を見ていた。

儚い夢を……。

「そうだったな」

高槻は微笑み、手を伸ばして凛の頭を撫でてやる。凛は嬉しそうに頬を染めニコニコと笑う。

「ところで凛、姉さんから聞いたんだが、田丸先生はおまえの主治医だよな?」

この笑顔を守りたいと思ったら、自然と口にしていた。この十日間ずっと言わなくてはと悩んでは、どうしても言えなかったことだったが、これ以上先延ばしにするわけにはいかない。

田丸の名を出した途端、凛の表情が変わった。懐かしそうな目が嬉しげに細められ、口元がはっきりと笑みを作ったのだ。その顔を見ただけで、凛が田丸をどれだけ慕っているのか高槻にはすぐにわかった。

『ずっと行ってたクリニックの先生。いろいろ話しました』

「そうか」

『ねえさんと三人でごはんも食べました。やさしくておもしろくてお兄さんみたいな人』

よほど彼のことを語りたいのか、凛はボードに書いた文字を消しては、また忙《せわ》しなくペンを動かす。

「姉さんは田丸先生と結婚するそうだ」

もっと早く伝えなければならなかったことを、高槻はやっと告げる。

取り残されるかもしれない不安に表情を曇らせるどころか、凛の顔はパッと輝いた。

『そうなったらいいなって思ってた』

ハイスピードで書いたボードを向けてから、凛は何かに思い当たったように笑顔を消し、高槻の顔をそっと気遣い見た。

高槻は苦笑する。以前は姉と夫婦関係にあった高槻の、複雑な心情を思いやってくれているのだろう。

「俺も心からよかったと思ってる。姉さんは最近幸せそうだ」

高槻のその言葉に凛はホッとしたのか、またニコッとしてうんうん、と頷いた。

「凛、おまえ……」

姉さんのところに戻るか、姉さん達と一緒に暮らすか、と、口を開きかける。今、聞かなければいけないと思った。

だが、何か重いものを飲み込み喉元にひっかけてしまったように、その問いが出てこない。

一瞬噤んだ口からこぼれ出たのは、全然違う言葉だった。

「久しぶりに二人に会いたいだろう。会いに行くか？」

喜ぶだろうと思っていた凛は一瞬戸惑い、何度かパチパチと目を瞬かせてから、ボードにゆっくりと文字を綴った。

『しろうさんも一緒に？』

「ああ、もちろん俺も一緒だ」

その答えに安堵したようで、今度は大きく頷く。

『ねえさんと先生に、ここのこといっぱい話したい』

「よし。じゃ、近いうちに会いに行こう。……そうだ、おまえ姉さん達にトンボ玉で何か作ってやったらどうだ？　きっと喜ぶぞ。俺も手伝ってやるから」

凛はそれこそ鳩《はと》が豆鉄砲をくらったような顔をしたが、その提案に興奮したのか急に席を立ち、意味もなくテーブルの周りを三周してから高槻の傍らにしゃがみ込んだ。

『いいの』

手早く書きなぐったボードには、踊っているようなその三文字。

まだガラス棒の先を球形まで持っていくのがやっとで、時折バーナーで指を焦がしてしまったりする危なっかしい凛は、もう一段階進んでいいと許可をもらってキラキラと瞳を輝かせている。

「ああ。そのかわり、あまり時間がないからな。集中してがんばれよ」

高槻の言葉に凜は真剣な顔で頷き、両手を伸ばし勢いよく首に飛び付いてきた。

「おい、こら、危ない」

すべすべした頬を仔猫みたいに擦り寄せてくる凜に苦笑しつつ、そのぬくもりを秘《ひそ》かに深く胸に刻み付ける。

遠からず失ってしまうぬくもり。

二度と触れることができなくなるぬくもり。

その尊い感触を永遠に失《な》くしてしまうことを考えただけで、心が叫びを上げそうになる。

けれどどんなにつらかろうとも、おそらく後悔はしないだろう。凜のためになる、正しい道を選んだのだと信じることができるなら。

田丸のことを話したときの、凜の嬉しそうな顔を思い出した。田丸と今の理沙子ならきっと凜を大切にし、見守り、温かい家庭を作っていってくれるはずだ。

（そうか……俺の役目は、終わったんだな……）

心の中で渦巻いていた迷いが潮が引くように消えていく気がしたが、それでも苦しみは消えてくれない。

凜がいなくなった後、毎夜ここで茶を飲みながら『会話』したことを、ひとりになってから思い返すのだろうか……。

そう思ったら急に胸が引き絞られ、慟哭《どうこく》が漏《も》れてしまいそうなほどの痛みに襲われた。だがきっと、同じ時を凛が家族に囲まれて笑顔で過ごしていることを想像すれば、耐えられそうな気がした。

自分よりも他人の幸福を願う。そんな形で得る満足もあるのだと、高槻は初めて知った。

「そうだ、凛。本格的に雪になると見られなくなるから、ちょっと屋根に上ってみるか？」

高槻にぎゅうぎゅうしがみついていた凛は、その言葉に腕の力を緩め首を傾げる。

「コートを着て、部屋で待ってろ」

小さな頭をぐるぐると撫で背を押してやると、凛は好奇心に目を輝かせ、押されるままに廊下に出て行く。

ここにいる間に、もっといろいろな所に連れて行ってやるのだったと、今頃悔やんでももう遅い。せめて今は残された短い時間、一つでもいい思い出を増やして持って帰らせてやりたかった。

高槻も席を立ちながら、ふとテーブルの上に残された凛のマグカップを見た。凛がここに来てから買ってやったものだ。帰るとき忘れず持たせてやらなくてはいけないな、と心に刻む。

彼がここにいたことを思い出させるものを、ひとりになってから偲《しの》ぶのはつらすぎるだろうから。

いつも見上げているロフトの天窓を高槻が開けると、凛の口も驚きの形にポッカリ開いた。まさかそこが開閉自在だとは思っていなかったのだろう。

「来い」

先に屋根の上に出た高槻が手を差し伸べると、凛はおっかなびっくり慎重に、それほど高くない脚立を一段ずつ上がってくる。握った手を引っ張り上げ緩やかな斜面になった屋根に立たせてやると、怖がって高槻の胸にしっかりしがみついてきた。

丸太で組んだ頑丈な屋根はほとんど勾配《こうばい》がなく、広さもあり滑りにくかったが、中二階とはいえ結構な高さがある。胸に顔を埋《うず》め離れない凛の背中を落ち着くまで撫でてやってから、支えながらその場に腰を下ろさせた。

高槻の腕に自分の腕をぎゅっと絡めたまま、凛は怖いのかまだ目をつぶっている。

「凛、下を見るな。空を見てみろ」

高槻の言葉に凛は恐る恐る目を開けると、まずは高槻を見て、それから空を見上げた。澄んだ瞳が大きく見開かれる。

天然プラネタリウムといった見事な星空が、上空一面に広がっていた。雲のない紺色の空に、半月を取り巻くように星が散らばっている。東京のように、地上の人工光がその輝きを邪魔したりしない。完全な闇の中だからこそ、星のきらめきは遮るものなく地上まで届くのだ。

凛の右手が動いて、空に差し伸べられた。落ちてきそうな星を摑めるかもしれないと、そんなふうに感じてしまうほど、ここは宇宙とあまりにも近かった。

「東京じゃこんな空、見たことないだろう」

凛のひたすら驚嘆している様子が可愛くて面白く、高槻もつい自慢げになる。凛はパッと高槻に顔を向けると何度も大きく頷いた。そしてまた、空に視線を戻す。さっきまで怖がっていたのに、もうすっかり笑顔になっている。

「ちょうど雪の降りはじめるこの時期が、星が一番綺麗《きれい》に見える気がするな。空気が凍ってる分、光がよく届くのかもしれない」

凛は空に目を上げたまま頷いている。

「夏の夜空も悪くないぞ。暑くて寝苦しい夜にはここで冷えたビールを開けて、一杯やりながら星を見るんだ。そうしていると、嫌なことも忘れる」

凛は今度は下を向くとボードを手に取り、高槻の腕に摑まったままペンを走らせる。

『夏に、また一緒に見れますか』

無邪気にボードを向けてくる顔に、高槻の心が軋《きし》むように疼いた。

「ああ」

痛みをこらえて、高槻は凛の肩を抱き寄せる。顔を見られないように、その小さな頭を肩口に押さえ付けて。

「夏も、次の冬も、ここで並んで見よう。星の名前を教えてやる」

次の夏、そして冬、たまにここに遊びに来るくらいは理沙子と田丸も許してくれるだろう。だがきっと凜は、そういう意味で聞いているのではない。

あえて正さずに肯定したのは、凜を笑顔のまま送り出してやりたいからだった。その小さな『嘘』は返す刀で高槻の胸を容赦なくえぐったが、凜が最後まで笑っていてくれるのならどんな痛みでも耐えられる。

『夏も冬も、しろうさんと一緒に見る』

凜は寒さで震えている下手くそな字で綴って、嬉しそうに首をすくめると、両手を伸ばし控えめに高槻に抱き付いてきた。高槻も、細い体をしっかりと抱き留めてやる。来たときは折れそうに頼りなかった背中だが、ガラス工房の手伝いや森の探索のおかげで、今は少しだが筋肉がついてきた。

（これからもっと、大きくなれよ……）

祈りを込めてさすってやる。繰り返し、何度も。

凜がここに来て高槻は変わったが、凜も変わった。本当に、元気になってくれた。来た当時の表情のない人形めいた微笑みは、もう過去のものだ。今では高槻が何か語りかけるごとに、万華鏡のように豊かな表情を向けてくれる。

今にも砕けそうだった透明なガラス玉は虹色の光をまとい、眩《まばゆ》いくらいに綺麗な色を放つようになった。そのきらめきで、高槻の心を虜《とりこ》にするほどに。

（元気でいろ。いつも、笑っていろよ……）

心の中で語りかけながら、高槻は凜の背を撫で続ける。

見上げた星の美しさは覚えていても、こうして高槻が与えたぬくもりのことは忘れてしまってほしい。ここにいる間に凜が見聞きした綺麗なものだけその繊細な心に刻んで、明るい未来をまっすぐに歩んでいってほしい。

けれど、高槻は忘れない。夏も、次の冬も、ここでひとり夜空を見上げるときは必ず、腕の中に確かにあったぬくもりを思い出すだろう。目を閉じ桜色の唇を思い浮かべれば、いつまでもそのやわらかさを恋しがるだろう。

そしてその記憶だけで、その先何年続くかわからない孤独な時間を耐えていけるだろう。腕の中でわずかに身じろいだ凜が、じっと高槻を見上げてきた。何か言いたいことがありそうなのに、ボードを使おうとしない。

小さな唇が微かに開かれる。

――しろうさん……。

そう、動いた気がしたが、高槻の願望かもしれない。凜は続けて何か言ったようなのだがわからず、もちろん声も聞こえない。漏れるのは白い息だけだ。

じれったそうに、切なげに、凜の眉が寄せられる。

「無理するな。焦らなくていい」

慰めるように髪を撫でてやると悔しそうな凜の顔は少し和らいで、そのまままた高槻に頭をもたせてきた。

(こいつの声は、どんなだろうな……)

遠からず心の傷が癒えるとき、凜もきっとしゃべれる日が来るだろう。凜が口にする最初の言葉が、彼の幸せに繋がるものであることを祈らずにはいられない。

手放すことを決めた今、もう触れてはいけないとわかっていながら、高槻は細い肩を抱く手に力を込める。今だけだからと、星に許しを請いながら。

静かな夜の中言葉も交わさず抱き合う二人を、満天の星は優しく包んでくれていた。

*

東京の冬は乾燥した晴天の日が続く。長野に移り住んで三年経ち、高槻はそのことをもうすっかり忘れてしまっていた。

三年ぶりに降り立つ東京駅の改札を出て、青空の眩しさと、晴れている割には肌に刺さってくる冷たい空気に、高槻は身を硬くする。

冷たいとは言っても、体の芯から冷え込んでくる長野の山奥の寒さとは比べ物にならない。昨夜からまた粉雪が舞いはじめた真っ白な世界に、ほんの数時間前にはいたことが嘘のよう

だ。ただ、薄い靄がかかったようにくすんで埃《ほこり》っぽい空気は、自然に恵まれた土地の清浄な大気に慣れてしまった身にはこたえた。

「疲れたか?」

隣の凜を見ると、曖昧な笑顔で首を振った。

疲れたというより、久しぶりに目にする車列や雑踏に不安を覚えているようだ。

大丈夫だ、と軽く背を叩いてやると、凜は胸元にかかった高槻からのプレゼントのペンダントをぎゅっと握り微笑んだ。そうしていると落ち着くらしい。

雪の影響で、新幹線は十分遅れて到着した。待っているはずの二人の姿を探して高槻が周囲を見回したとき、

「凜!」

覚えのある声が聞こえた。振り向くと、見たこともないほど切なげな表情をした理沙子が駆け寄って来るのが目に入った。しばらくぶりの再会に、凜が一瞬にして笑顔になる。

「凜……?」

理沙子の声が戸惑ったのは、弟が見違えるほど表情豊かになっているのに気付いたからだろう。初めて長野に連れて行ったときの、人形めいた強張った微笑の名残はもうどこにもない。

感情を素直に表現することができるようになった凜は、明らかに驚いている姉に走り寄り

ひしと抱き付く。その背を抱き返してやりながら、理沙子は困惑した声を出す。

「何……？　どうしちゃったの、この子？」

嬉しさよりも驚きが勝ったのだろう。理沙子は当惑しながら何度も凛の顔を見ては頬を撫でたりしているが、潤んだ瞳には隠せない感動が滲んでいる。

興奮している凛は姉の戸惑いにはまったく気付かない様子でただ嬉しそうに、誕生日に彼女から贈られたスニーカーで地面を踏み鳴らしている。

「凛君、久しぶり！」

距離を置いて、後から足早に歩いてきた田丸が呼びかけた。今日はニットとデニムの上にダウンジャケットを着込んだ『休日のお父さん』風の出で立《いた》ちだ。洒落《しゃれ》たコートとヒールの高いブーツ姿の理沙子と並ぶと、傍目《はため》からはなんともミスマッチだが、高槻の目には似合いの二人に見えてくるから不思議だ。

手を振りながら近付いてくる田丸にも、凛は遠慮なく飛び付いていく。まるで本当の兄弟、いや年が離れている分親子のように自然に、二人は再会を喜び合う。

「あー、表情が明るくなったねぇ！　よかったね、凛君。長野の生活は楽しいんだ？　うんうん、そうかぁ」

凛はもちろん何もしゃべっていない。ただニコニコしながら頷いたり、握ったままの手をぶんぶん振ったりしているだけなのに、田丸にはちゃんと彼の言いたいことがわかるらしい。

「士郎さんあなた、一体どんな魔法を使ったの？」

二人だけに通じ合うような『会話』をしている田丸と凜を見やり、理沙子が戸惑いを隠せない声で高槻に問う。

「君が言っていたとおり、静かな環境がいい影響を与えたんだろう」

「昔のあの子が帰ってきたみたい」

理沙子は田丸とはしゃいでいる凜を見ながら感慨深げにつぶやくと、以前の彼女とは別人のような素直な微笑を高槻に向けた。

「あなたを信じてみてよかった。大きな借りができたわね」

「その借りは、あいつを幸せにすることで返してくれ」

高槻の返事に、理沙子は目を大きく見開く。

「士郎さん、あなた本当に変わったわね。もしかして、あの子のせい？」

答えに窮したところで、タイミングよく凜と田丸が近付いてきた。

「いやぁ、凜君がこんなに明るくなったのは、高槻さんのおかげだね。本当にありがとうございます」

田丸は改まって高槻に頭を下げ、眼鏡の奥から澄んだ瞳で見上げてきた。目と目を見交わせば秘めている想いをすべて読み取られてしまいそうで、高槻はさりげなく視線をはずす。

『高槻さん、本当にいいんですか？』

数日前電話で話したとき、田丸は真剣な声で静かに聞いてきた。

姉さんの所に遊びに行くと偽って、凜を東京に連れて行く。自分は凜を引き渡したらさりげなく姿を消すから後のフォローを頼む、と高槻が提案したときのことだった。

理沙子と田丸の所に帰すことになったと、高槻は結局凜に言い出せなかった。言っても、凜はおそらく容易にうんとは言わない。凜自身が高槻になついてしまっているからというより、彼がいなくなった後の高槻のことをその優しさで気遣ってしまうだろうからだ。

もし別れを無理に承諾させたとしても、その日が来るまでは彼の悲しそうな顔を見ていなくてはならない。それは高槻には到底耐え難いことだった。

本当のことを伝えずに別れるのは、凜を悲しませることになるとわかっている。だがそれでも最後まで、笑った顔を見ていたい。何よりも尊いと感じ大切にしてきた可憐《かれん》な笑顔を、記憶に留めておきたいのだ。

東京に帰すことを凜に話してしまったら、工房の人達やハクビシンと別れたくないと愚図るかもしれないからと理由をつけると、理沙子は訝《いぶか》りながらも承知してくれた。返事を引き延ばしていたせいもあり、弟とやっと一緒に暮らせるという嬉しさに、高槻の奇妙な提案はさほど気にならなかったようだ。

渋ったのは田丸の方だった。人の心を扱うことを生業《なりわい》にしている彼は、静かな声で高槻に聞いた。『本当に、それでいいんですか』と。

『凜君を理沙子さんに返すことについては、もっとゆっくり考えていただいてもいいんですよ？』

そう、田丸は言った。

『理沙子さんは凜君と早く一緒に暮らしたいようですが、そこは私がうまく説得しますから。そんなにあわてなくても……』

「いや、年内には東京に帰すと、はじめからそのつもりでしたから。凜は大丈夫です。最初は多少混乱するかもしれませんが、彼女とあなたがいれば、こちらでの短い生活のことはそのうち忘れるでしょう。心配はないと思う」

『う〜ん……』

高槻の迷いのない返事に、田丸はなんとも釈然としない声を出した。

「田丸さん、私がやらなきゃいけないことを、あなたに押し付けて申し訳ない。私がいなくなった後、凜にうまく話して納得させてやってください。お願いします」

携帯電話を持ったまま、高槻は困惑しているだろう見えない相手に向かって頭を下げた。

『高槻さん』

しばしの沈黙の後、田丸の穏やかな声が届いた。

『私が心配しているのは、凜君のことじゃないんですよ。あなたのことです』

あなたは大丈夫なんですか、と、田丸の思いやりに満ちた優しい声が耳に染み込んだ。

自分ひとりで耐えると決めていた痛みを田丸が秘かに察していてくれていたことに、高槻は痛みで疼いていた胸が癒されるのを感じた。

「それならさらに問題ない。あなた達と暮らすのが凜には一番いいのだと、私は納得していますから。心配無用です」

田丸の方は納得していない様子だったが、高槻の決意が固いことを感じ取ったのか、最後には凜の説得を了承してくれたのだ。

ぶ厚い眼鏡の奥の静かな瞳は今、誠実な色を湛《たた》え高槻を見返している。彼にならば、安心してすべてを任せられそうな気がした。

「それじゃ、行きましょうか。凜君、楽しみだね。いい天気だから、展望台からの景色はきっとすごく綺麗だよ」

田丸はそう言いながら凜を高槻の方へ戻し、先立って歩いて行く。凜が高槻の腕に手をかけ、嬉しそうな瞳を輝かせて見上げてくる。微笑みを返してやりながら、高槻はその笑顔を心に刻み付けた。

一緒にいた半年間で、凜の笑顔の画像は溶けない雪のように胸に積もっている。最後の日になる今日も、取り損なうことなくすべてを保存しておきたかった。

これから先の長い数十年間、高槻の記憶の中に色褪せず残るように。

ちよだスカイパークは東京駅から歩いて五分の場所に位置する、一年前に完成したばかりの超高層ビルだ。百貨店やホテル、映画館や美術館まで入ったその複合ビルの目玉は、地上三百メートルの高さから都下の景色を一望できる展望台だった。

オープン当初は入場予約も抽選だったその東京の新たな観光スポットは、一年経ってもまだ人気が衰えない。今日は晴天の日曜日ということもあり、展望台の中にあるレストランは家族連れやカップル、団体観光客などでごった返していた。

せっかくなので四人で昼食を、と言い出したのは田丸で、この場所を選んだのは高槻だった。三年間山にこもり雑踏に出るのがすっかり億劫になった高槻だったが、人で賑《にぎ》わっている場所の方が凜の注意をそらせ自然に姿を消せると思ったのと、以前凜がガラス工房で祐子達にスカイパークに行きたいと言っていたのを覚えていたのが理由だった。理沙子は難色を示し、落ち着いて話せる隠れ家的なレストランを希望したらしいが、三対一の多数決で行先はそのベタな新名所に決まった。

やたらと広く、料金は高めだがテイストはファミレスレベルのレストランは満員で、各テーブルの会話で全体がざわつき落ち着かない雰囲気だった。だが幸い田丸が窓際の席を押さえていてくれたため、見事な景観を堪能しながら食事を楽しむことができた。そして騒々しい店内では、凜が首からかけたボードにひっきりなしに字を書いていても気にする人間はいなかった。

凛は食事をしている間中も、ずっとボードを離さず『しゃべり』続けていた。内容はこの半年間で体験したことだ。

ガラス工房での手伝いのこと。ハクビシンを見たこと。夜になると前後もわからないほど真っ暗になること。そして、屋根から見た満天の星のこと。

興奮気味に語る凛の話題はあちこちへ飛び、理沙子も田丸も消しては書かれる字を読むのに忙しい。こいつは本当はこんなにおしゃべりだったのか、と高槻も驚いてしまっていた。きっと姉と大好きな医師に久しぶりに会えて、テンションが上がっているのだろう。

（この調子なら大丈夫だな……）

これなら自分が輪をはずれても、凛はそれほど気にせず彼らと一緒にいてくれるはずだ、と高槻は秘かに安堵する。

食事を終えレストランを出たタイミングで、高槻は東京の知人に久しぶりに会うという口実で彼らと別れることになっていた。凛にもそのことは話しており、夕方世田谷の田丸家でまた合流し、今夜は二人で泊まっていくという予定だ。高槻と二人の初めての外泊に、凛はワクワクしているようだった。

だが実際は、別れたその足で高槻は長野に帰る。そして凛は、そのまま田丸の家で姉達と暮らす。凛の私物は後日宅急便で送る手はずだ。

凜は、高槻の嘘を信じている。今日は一緒に田丸家に泊まり、明日二人で長野に帰るのだとこれっぽっちも疑っていない。後で本当のことを知ったら、びっくりして怒るかもしれない。少しだけ泣くかもしれない。だがそのときは、理沙子と田丸が深い愛情で凜を包み、慰めてくれるだろう。

表情をコロコロ変えては、手振りも交え二人にいろいろ説明する凜の横顔を、高槻は飽くことなく見つめる。時折同意を求め見上げてくる凜に、頷き返してやりながら。

田丸は満面の笑みで凜の言うことにいちいち頷き、理沙子も愛しそうに相槌《あいづち》を打ちながら聞いている。心のなごむ光景だ。

「凜、おまえ、そろそろあれをあげたらどうだ?」

尽きない話が一段落したところで、高槻が口を挟んだ。

『あれ』のひと言で凜には通じたらしい。興奮で赤くなった頬をさらに染めると、わずかに首をすくめる。照れくさいようだ。

「何? 凜、姉さんに何かくれるの?」

テーブルの上に身を乗り出す理沙子の左手の薬指には小さなダイヤのついた指輪が光っているが、今から渡すものはそれとはまた違う価値があるだろう。

「凜から二人に、手作りのプレゼントがあるそうだ」

もじもじしている本人の代わりに、高槻が種明かしをする。

「あー、それはすごいなぁ。どれどれ？　凜君、早く見せて」

田丸も興味津々で眼鏡を押し上げる。

ためらっていた凜は意を決したように、椅子にかけたリュックのファスナーを開け手を突っ込んだ。握り込んで出した拳から摘まみ上げたものを一つずつ、まず理沙子の、そして田丸の手のひらに乗せる。

直径二センチくらいのトンボ玉のストラップに、二人の口からお世辞ではない感嘆の声が上がった。理沙子の分は深いボルドーに淡いピンクの線が入り、田丸の分は明るい緑色に白い花びらを散らしたもので、両方とも凜が考えたデザインだ。

「これは綺麗だねぇ！　本当に凜君が作ったの？」

感心することしきりの田丸の問いに、凜はちょっと肩をすくめ、高槻を見上げる。

「難しいところは俺が手を貸したが、ほとんど凜が一人で作ったんです。手先はいまいち器用とは言えないが、デザインの才能はあるらしい。いい色でしょう」

確かに形は綺麗な球形ではないし雑貨店に卸すのは到底無理なレベルだったが、逆にそれがまた味になっている。色合いもデザインも二人の個性によく合っていて、センスの方はなかなかだ。

「凜、すごいじゃない！　姉さんとても気に入ったわ。また何か作ってよ」

弟が自分のために作ってくれたものという以上に、どうやら本当に気に入ったようだ。理沙子はしきりと感心しながら、手の上でトンボ玉を転がしている。

また作ってほしいという姉の言葉に凛が嬉しそうに頷いているのを見ながら、高槻も心の中で願う。本当にそんな日が、またいつかくることを。

工房の面々には、凛を帰すことはまだ話していない。皆凛を可愛がってくれていたので、さぞ寂しがるだろう。どうして話してくれなかったんだと、責められることも覚悟していた。

またいつの日か別れの悲しみが癒えた頃、思い出をちょっと振り返るような軽い気持ちで、凛に工房を訪れてほしい。皆喜んで歓迎し、昔語りに花を咲かせることだろう。そしてその頃は凛のいない生活に、高槻もすっかり慣れていると思いたい。

ひとしきりトンボ玉作りの話題で盛り上がり、話が途切れたところで高槻がさりげなく腕時計を見た。

「そろそろ行こうか。俺は約束があるから」

笑顔で頷いたのは凛だけでほかの二人は一瞬表情を強張らせたが、高槻が率先して立ち上がると重い腰を上げた。ここはどうしても出すと譲らない田丸に支払いをまかせ、レストランを出る。

午後三時。展望台はその重みでビルが崩れてしまうのではないかと思うほどの人で混雑している。

「高槻さん、まだ少し大丈夫でしょう？　せっかくだから凛君を、上のスカイラウンジに連れて行ってあげてくれませんか？」

高槻が口を開く前に、田丸がいきなり言い出した。二人だけにしてやりたいという、彼らしい気遣いだとすぐにわかった。

高槻は戸惑う。機を逸していつまでもだらだらと一緒にいてしまったら、離れ難くなり別れるとき態度が不自然になってしまうかもしれない。

「滅多に見られない景色ですし、高槻さんもぜひ見て行ってくださいよ。ねぇ、見たいよねぇ？　凜君」

田丸の勧めに凜は何度も頷き、期待を込めて高槻を見上げてくる。

思いやりはありがたいのだが、高槻としては複雑だった。だが、あえて断る理由も思いつかない。

「そうだ、理沙子さん。二人がそっちに行っている間にクリニックのみんなにお土産を買いたいんだけど、一緒に選んでくれないかな」

「あ、そうね。何かお菓子でいいかしら。でも、お土産なら凜も……」

「凜君も後で一緒に見よう。じゃ高槻さん、三十分後に一階のロビーで。凜君のこと、よろしくお願いします」

弟を心配そうに何度も振り返る理沙子を引っ張って、田丸は一階直行のエレベーターの方へと遠ざかっていく。その小柄な後ろ姿に、高槻は心の中で頭を下げた。

「凛、はぐれないようにここを持ってろ」

コートの袖に手を導くと、期待に目を輝かせている凛はしっかりと握ってきた。

上のスカイラウンジは文字どおりビルの頂点に当たり、全面ガラス張りの展望フロアとなっている。天から地上を見下ろすような絶景に期待を寄せ、上階行きのエレベーター前にはかなりの人だかりができているが、三機がフル稼働しているため列は順調に減っていく。

「よし、行くか」

促すように背を叩くと、凛は大きく頷いた。

せっかく田丸が気を遣って作ってくれた、二人だけの最後の時間だ。思い出をもう一つ、増やさせてもらってもいいだろう。

群衆の中にまぎれると腕を摑んでいた凛の手がずらされ、高槻の手の中にそっと忍び込んできた。そのままぎゅっと握ってくる。思わず見返すと、凛はいたずらっぽく肩をすくめ可愛く舌を出して見せた。こんな人混みじゃ手を繋いでも誰にも気付かれないでしょ、と言っているのだろう。苦笑し小さな手を握り返すと、腕に軽く頭を擦りつけてくる。

凛がこんなにスキンシップが好きだなどと、最初は思いもしなかった。初めて会ったときのマネキンじみた無表情は、もう思い出すことも難しい。今の凛は高槻の前では誰よりも素直に笑ったり、嬉しがったり、恥ずかしがったりしてくれる。よく動く大きな瞳で、高槻への好意をためらわず向けてきてくれる。

長かったのか、それともあっという間だったのかわからない、凜と過ごした日々のことを、高槻は改めて思い返す。

（半年、か……）

思えばこの半年間、たくさんの凜を見てきた。毎日いろいろなことがあり、退屈などこれっぽっちも感じない満ち足りた日々だった。

一生のうちにそんな日々がほんのひとときでもあれば、人は生きていけるのだと思う。心から誰かを愛したその記憶だけで、その後のすべての苦難を乗り越えることができるのだろう。

ぎゅう詰めになったエレベーターは、わずか三十秒でスカイラウンジに到着した。狭い箱から一歩踏み出すと、そこは地上三百メートルの空中回廊だ。三百六十度を囲むガラス壁の外には、関東一円を臨めそうな見事なパノラマが広がっていた。下の展望台よりは狭い空間だが、高さは半端ではない。高所が苦手な人間なら竦《すく》んでしまいそうな絶景だ。

凜は高槻の手をしっかりと握ったまま、顔を輝かせ窓の方へ引っ張っていく。目が眩《くら》みそうな景色を前にするとなんだか足が覚束《おぼつか》なくなり、まるで宙に浮いているかのような感覚に襲われる。

凜はいったん高槻の手を離すとペンを取り、ボードに興奮気味に字を書きつけた。

『うちはどっち？』

高槻は凜の腕を取り、北西の方へ移動する。

「方向的にはこっちだ」

雲一つない晴天の下、周辺の巨大なビル群がマッチ箱のように小さく見え遥《はる》か彼方《かなた》まで見渡せる。凜は好奇心に目をキラキラさせ窓に張り付いた。

『見える？』

どうやら本気で聞いているらしく、期待で頬を紅潮させているのが微笑ましい。

「さすがに無理だが、あのへんのどこかにあるんだろうな」

凜は見えるはずのない長野の自宅を探すように、遠い景色に目をこらす。その一生懸命な様子に、思わず高槻も口元を緩める。

時間があればもっといろいろな所に連れて行ってやって、様々な表情の凜を見てみたかった。これからひとりで過ごす長い時間、かなわなかった二人の遠出を想像して楽しむのも悪くない。心の中に溜め込んだアルバムを、丹念に一枚一枚めくり返しながら。

一心に景色に見入っている凜の肩にそっと手を置くと、大きな瞳が上げられ笑いかけてきた。言葉にできない何か尊い感情が溢れてきて、胸がじんと満たされる。

「そろそろ行くか。姉さん達が待ってる」

凜は一度は頷いたが、瞬時ためらう風情で視線を移ろわせた。

「どうした？」

高槻が促すと、いきなりコートのポケットに手を突っ込み、掴み出したものを高槻にずいと差し出した。

「?」

受け取るべく反射的に出した手のひらに乗せられたものに、高槻は目を見開く。

それは理沙子達にプレゼントしたのと同じ、トンボ玉のストラップだった。深いインディゴブルーに金の点が散っているデザインは、二人で屋根から見た星空を連想させた。

「おまえこれ……俺にも作ってたのか?」

驚いて見返すと、凜は恥ずかしそうに首をすくめコクリと頷いた。

一体いつそんなことをしていたのだろう。もしかしたらこっそり工房で、祐子や好恵に教えてもらいながら作ったのかもしれない。形は歪《いびつ》で加工もうまくできていなかったが、深みのある蒼《あお》と華やかに散った金色のコントラストがとても美しい。

照れたような表情で高槻の反応を窺い見てから、凜はサラサラとボードにペンを走らせた。

『最初に会ったとき、しろうさんのバングルきれいだったから。青が似合うと思って』

凜が高槻に初めて彼らしい表情を見せた、あのときのことを思い出す。今思えばあの瞬間から、凜の心だけではなく高槻の心も動き出したのかもしれない。彼が次第に表情を取り戻していくごとに、高槻自身がうちに抱えていた透明なガラス玉にも、だんだんと色がついていったのだ。

(今、俺の心にはどんな色がついてるんだろう……)

それはきっと、これまで作ってきたどんなトンボ玉よりも濁りがなく、澄んだ色であることは確かだった。

凜からもらった最初で最後のプレゼントを、高槻はしっかりと手に握り込んだ。そこから全身にぬくもりが伝わり、ついには目の奥を熱くしてくる感覚に耐える。

「とてもよくできてる。ありがとうな。大事にする」

凜にちゃんと『ありがとう』と言ったのは、これが初めてかもしれない。だが本当は、いつも心の中で言っていた。

――ありがとう。そばにいてくれて。

凜は高槻の心の中の声まで聞き取ったように顔を輝かせ、嬉しそうにほわっと微笑んだ。

たまらなく胸が締め付けられ、唐突に、このまま連れて帰りたいという衝動が突き上げた。

(凜……っ)

理沙子と田丸と合流する前にこの小さな体を抱え込んで、長野に帰ってしまいたい。許されぬことだと、誰に謗《そし》られても構わない。ただ、離したくない。すべてを失くしても、今手の中にあるこのぬくもりだけが欲しい。

それさえあれば高槻は、ほかに何もいらないのだ。

肩に回した手に、無意識に力が入ってしまったのだろう。凜は『何?』と問いかけるように、つぶらな瞳を瞬いた。

「凜……」

――俺と帰ろう。今すぐ二人で、長野のうちに戻ろう。

喉元まで出かかる言葉を、高槻はかろうじて押し込めた。

決して汚してはならない綺麗な瞳が不思議そうに見つめてくる。どんな精巧なトンボ玉よりも美しい、それは唯一無二の宝石だ。

このまま汚れなく、まっすぐに育ってほしい。健全な家庭の愛に包まれて、明るい光の中を歩んでいってほしい。

忘れてはならない。見失ってはならない。凜の幸せ、それが今の高槻にとってすべてに勝る願いなのだ。

（今度こそ、幸せになってくれ……）

激情を抑え込み、さりげなく表情を繕って、高槻は凜の背を軽く叩く。

「行くぞ。姉さん達に、家が見えたかどうか教えてやろう」

その勘のよさで、何かを感じ取ったのかもしれない。凜はわずかに首を傾げたが、曖昧な笑顔で頷き高槻の手を握った。

下りのエレベーターに乗っている数十秒間で、平静を取り戻す自信はあった。やるせない喪失感にのた打ち回るのは、帰ってひとりになってからだ。今は、凜を不安がらせてはいけない。自分の役割を最後まできっちりと演じきらなくてはと、高槻は唇を噛み締める。

一階まで下りたエレベーターから出ると、すでに待っていた理沙子が笑顔で片手を上げた。凜も大きく手を振り返す。

高槻と視線が合った田丸が、一瞬悲しげに目を細めたのがわかった。おそらく彼は高槻の心情を察していて、もし高槻と凜がそのまま消えたらそれはそれでいいと思っていたに違いない。

これでいいんです、と目で告げると、眼鏡の奥の優しげな瞳が一瞬伏せられた。

「凜、どうだったの？　景色は綺麗だった？」

理沙子の問いに凜は何度も頷きながら、一緒に行こうと姉の腕を取りエレベーターを指差す。高所があまり得意ではない姉は、苦笑でそれを断っている。

その無邪気にはしゃぐ姿を見て、高槻は安堵する。おそらく凜は、高槻の一瞬の気の迷いには気付いていないだろう。

「じゃ、俺は友達に会ってくる。田丸さん、理沙子さん、七時にはそちらに直接伺う」

二人とも高槻より嘘は下手らしい。ぎこちなさのまったくない高槻の言葉に、理沙子も田丸も複雑に顔を曇らせたが、アイコンタクトを送るとそれなりに合わせてくれた。

「早く来てちょうだいよ。凜が寂しがるわ」

「今夜の夕食は私が腕を振るいますから。実は料理は唯一の趣味なんですよ」

「それは楽しみです。私はそっちの方は全然駄目だから。おい、よかったな。久しぶりにうまいものを食わせてもらえる」

軽く頭をつつくと、凜は嬉しそうに笑う。

「凜、俺のいない間、おとなしくしてるんだぞ」

いつもの癖で、凜の桃色の頰に軽く手を当てた。その滑らかで優しい感触を味わうのも、これが最後だ。

自分が今完璧な笑顔を作れていると、高槻には自信があった。なぜなら凜も、迷いなく笑ってくれているから。

(凜……)

最後に見る笑顔を目に焼き付ける。凜の瞳にも、高槻の笑顔が映る。

いつかの未来、凜が今日のことを思い出すときのために、叫び出しそうな慟哭をこらえ、今高槻は笑っていた。別れるときも笑顔だったと、記憶の片隅に留めておいてほしかった。

生まれて初めて愛しいと思った、何よりも大切な存在。我欲を捨てて、ただ相手の幸せだけを願うことができた。生涯でそんな相手に巡り合えることは、おそらくはもう二度とないだろう。

(おまえと出会えて、本当によかった)

神の存在を信じたことなどなかったが、凜と自分を会わせてくれた雲の上の誰かに、今高槻は心から感謝せずにはいられなかった。

表情に不自然なところはまったくないはずだった。だが、もしかしたら頬に触れた指先から、何かを感じ取ったのかもしれない。凛の満面の笑顔に、ほんの少しだけ戸惑いが混じった。

「じゃ、また後でな」

それ以上は見ていられず、あっさりしたひと言と共に頬から手を離し、高槻は身を翻す。

背中に強い視線を感じたが、一刻も早く人混みにまぎれてしまおうとそのまま足を速める。

「……しろう、さん……」

誰かが、名前を呼んだ。

群衆のざわつきの中で、なぜその消え入りそうな、か細い声が耳に届いたのかはわからない。ただ、周囲の喧騒《けんそう》と切り離されはっきりと聞こえたその声は、高槻の足を反射的に止めさせた。

「しろうさん……士郎、さん、どこ、行くの……？」

「っ……！」

高槻は振り向いた。

凛が、こちらを見ている。

笑顔ではない。不安げな、すがるような、今にも泣き出しそうな瞳が、まっすぐ高槻だけを見つめてくる。

理沙子と田丸も言葉を失い、呆然と凛を見ている。今の鈴を転がすような微かな音は、一体なんの幻聴かという顔で。

凜の足がふらりと前に出る。桜色の唇が開かれる。

「士郎さん、行っちゃ、ダメ……行かない、で……」

高槻は絶句したまま立ちすくむ。

凜がしゃべっている。その現実を目《ま》の当たりにしながら、信じることができない。

（まさかそんな……夢、か……？）

夢でも幻覚でもない証拠に、凜は一歩一歩高槻に近付いてくる。その大きな瞳いっぱいに溜まっていた涙が、ついにポロリとこぼれ落ち、頬を伝う。

「行かないで……おれのこと、おいて、行かないでよ！」

たまらなくなったように駆け寄り胸に飛び込んできた細い体を、高槻は思わず抱き止めた。

無理矢理抑え付けていた感情が、堰《せき》を切って溢れ出す。口を開けば飛び出してきそうになる熱い言葉を留めておけなくなりそうで、唇を嚙み腕の中のぬくもりを抱き締めることしかできない。

ただ、渦巻く感情の奔流の中で、たった一つはっきりとわかったことがあった。

もう、凜とは離れられない。

その想いは間違っていると誰に非難されようと、どんな天罰が下ろうと、自分を引き止めるために殻を破ってくれたこの愛しい人を、手放すことなど絶対にできはしないだろう。

命が尽きるその日まで、彼と寄り添い、彼を守り、共に生きていきたい。

「どうした……凜、どうしたんだ？」

嗚咽《おえつ》で震える細い背を撫でる、高槻の声も震えていた。

「だって…士郎さん、士郎さんが……っ」

しゃくり上げ、咽《むせ》びながら凜が必死で訴える。心の声を届かせようとする。

「俺は、どこへも行かない。大丈夫だ。おまえのそばにいる。ずっと一緒にいる。だから泣くな。泣くんじゃない」

高槻の胸に顔を埋めたまま、凜の小さな頭が頷く。何度も、何度も。

「理沙子さん、田丸さん……すまない」

両手で必死にしがみつき激しく泣きじゃくる凜をしっかり抱いたまま、近付いてくる二人に高槻はそれだけ言って深く頭を下げた。涙声になっているのはわかったが、みっともないとは思わなかった。

「いやぁ、よかった！　本当によかった」

田丸はすでに手放しで泣いていた。眼鏡をはずし、ハンカチでしきりに涙を拭《ぬぐ》いながらよかったと繰り返す。

「どんなカウンセリングもね、本当に無力だと、今改めて思いましたね。人の心を扱う医師でも、こんな素晴らしい場面に立ち会えることはそうないだろうなぁ。高槻さん、本当にあ

りがとう！」

「まったく……冗談じゃないわよ」

悔しそうな理沙子の声も、明らかに涙に濡れている。数年間夫婦として共に暮らしてきて、彼女が泣くのを見るのは初めてだった。

「せっかく一緒に暮らせるようになったっていうのに、凜はあなたを選ぶの？　そういうことなの？」

「本当に、申し訳ない」

繰り返すしかなかった。理沙子が弟を心から思いやり、共に暮らし、今度こそ幸せにしてやりたいと思っていたことはわかっている。

だが、高槻ももう譲れない。どんなに罵倒《ばとう》されても、土下座してでも、もう二度と凜の手を離したくなかった。

「頼む、俺にこのまま凜の面倒を見させてくれ。凜は俺が必ず守る。君達の分まで大事にすると誓う。だから、お願いだ」

言うべきではないと封印していた言葉が、今は迷いなく溢れ出た。

田丸は涙でグシャグシャになった顔をほころばせ、大きく何度も頷く。理沙子はハンカチで目元を拭い、負けず嫌いの彼女らしい強気な微笑を高槻に向けた。

「士郎さん、気付いてる？　あなたがそうやって私に頭下げるの、初めてよ。勝手に会社を辞めたときですら、ふてぶてしく平然としてたくせに」

皮肉を込めたその口調には、しかし、どことなく優しさが混じっている。

「凜……ねぇ凜、姉さんを見て」

理沙子が肩に手を置くと、凜は高槻にしがみついたまま、涙で濡れた顔で姉を振り向いた。とめどなく流れてくる涙をハンカチで拭ってやりながら、理沙子は尋《たず》ねる。

「姉さんに本当の気持ちを教えて。あんた、この人と暮らしたいの？」

凜は一瞬もためらわずはっきりと頷く。

「士郎さんと、ずっと、長野のうちで、一緒に暮らしたい」

「そう。それならそうすればいいわ。あんたの好きにするのが、私は一番いいと思う」

「りさねえ、ごめんね。大好き、だよ」

凜がしゃくり上げながらひと言ひと言ゆっくり大切に告げると、理沙子の美しい顔が崩れる。

「覚えてる？　あんた小さい頃、私にいつもそう言ってたよね。りさ姉が一番って、誰よりも好きって、言ってくれてたのにな」

そう言った理沙子は、高槻が見たこともないほど優しい顔をしていた。おそらくはそれが、ずっと気を張り仮面をつけて生きてきた彼女の素の顔なのだろう。

白い頬を伝う大粒の涙を見つめていると、視線を感じたのか、理沙子はあわてて顔を拭い気まずそうに目をそらした。

「しょうがないわね。私は一年間一緒にいても、凜に声を取り戻してやることができなかったんだから。あなた達の絆《きずな》がこんなに深まるなんて、本当に予想外だったわ」

もう一度高槻をまっすぐ見ると、彼女らしい気丈な微笑を見せる。

「大事にしてちょうだいよ。こんなふうに泣かせるのは、もうこれが最後にして」

「ああ、約束する」

高槻ははっきりと答えた。

ハンカチで顔を覆う理沙子の肩を田丸が優しく抱き、凜の方を向く。

「凜君、高槻さんのことが大好きになったんだ。よかったね」

「先生……ごめん……」

「何謝ってるの。私も嬉しいよ。そうだ、これ……」

田丸は手を伸ばすと、凜の首にかかっていたホワイトボードを大事そうに取り上げる。

「先生がもらっていいかな？　だって、凜君には、もう必要ないだろう。そうだよね？」

「うん……もう、いらない」

凜はきっぱりと言った。

「これからはたくさん、高槻さんと話すんだよ。『これ』で話してたときよりね。そうすれば、きっともっと心が通じ合えるから。高槻さんのために凜君がしてあげられることも、もっともっと増えると思うよ」

「うん」

と、声を出して頷きながら、凜は高槻の腕に自分の腕をしっかりと絡める。もう二度と離さないとでもいうように。

いい大人が四人が固まって泣いていても、周囲の喧騒にまぎれてあまり目立たなかったのは幸いだった。それでも何事かとチラチラ視線を向けてくる人間もいて、気持ちが落ち着き周りが見えてくると急に居心地が悪くなってきた。

「じゃ高槻さん、東京駅に戻りましょうか。今出れば、夜には向こうに着けるでしょう」

田丸が湿った空気を吹き払うように明るく言った。

「ちょっと待ってよ、今日くらい泊まっていったら……」

ハンカチで顔を押さえたまま引き止める理沙子の肩を、宥《なだ》めるように田丸が叩く。今すぐにでも家に帰りたい。騒がしい都会を離れ、静かなあの場所で二人きりになりたいという高槻と凜の気持ちを、心優しい医師はきっとわかってくれているのだ。

「田丸さん、いろいろと……感謝します」

その数々の思いやりに心からの礼を込めて、高槻はもう一度深く頭を下げた。

「理沙子さん、君は本当にいい人を見つけた。今度こそ幸せになれるな」

「当たり前よ」

高槻の言葉に元妻は怒ったように言い返し、「あなたも幸せになってよね。でないと凜が泣くことになりそうだから」

と、小さな声でつけ加えた。凜が『そうだよ』というように、ぎゅっと腕を抱えてくる。

「ああ、わかってる」

その小さな頭をくしゃっと撫でてやりながら、高槻は深く頷いた。

(幸せ、か……)

それは自分とはどこか遠いところにある、まったく縁のない言葉のはずだった。だがその意味を今、寄り添う優しいぬくもりが教えてくれている。

金でも地位でも名誉でもなくこのぬくもりだけが、高槻の胸にぽっかり空いていた穴を知らぬ間に埋めていってくれた。人生の途中で失ってしまったものに気付いても、心のどこかで求めていればそれはきっとまた手に入る。凜がそのことを、高槻に教えてくれた。

「凜、行くぞ」

やっと手にした尊いぬくもりを引き寄せて、高槻は新たな一歩を踏み出した。


落ち着いたら改めて会いに来ると二人に約束し、高槻と凜は下りの新幹線に飛び乗った。

とにかく今は、一刻も早く家に帰りたかった。

列車の中、凜は難しい顔で俯いたままひと言も口をきいてくれなかった。満席の車内で込み入った話をすることは難しかったし、あれだけ感情を昂ぶらせた後ではしゃべる元気もなかったのかもしれない。だがそれ以上に、高槻に対して何か明らかに含むところがあるようにも感じられた。

要するに、凜は怒っているのだ。

高槻は高槻で生来の口下手がたたり、どうやら拗《す》ねているらしい凜になんと話しかけていいのかもわからず、言わなければいけないことを仕方なく棚上げしたまま口を噤むしかなかった。

車内でも、乗り継ぎの駅でも、凜は高槻の手をしっかりと握ったまま離そうとしなかった。二度と置いて行かれるものかという決意が伝わってきて、その必死さが高槻の胸をチクチクと刺した。

県境を過ぎると景色は一変する。青空は薄暗い灰色になり、やがて白一色に覆われた雪景色が窓の外に広がってくる。見慣れた白銀の風景に、窓側に座った凜が緊張していた表情をふっと和らげる。

高槻も無意識に入っていたらしい肩の力を抜き、都会の雑踏にどれほど疲労を覚えていたのかを知る。雪に閉ざされた静かな世界を見て、やっと二人の居場所に戻ってきたと実感しはじめていた。

最寄駅に着いたときには、もうすっかり夜の帳《とばり》が下りていた。改札を出ると、紫紺の空から絶え間なく降ってくる雪が二人の全身を包んだ。

「何か食って行くか」

二人だけになってから初めて、高槻は口を開いた。凜も、やっとまっすぐ高槻を見上げてくれた。大きな瞳は何かを語りかけてくるようで、溜まりに溜まった言い分を今すぐぶちまけたいという切羽詰まった表情をのぞかせている。

「うちに、帰りたい」

小さな声が答えた。また話せなくなってしまったのではないかと少し心配していたので、しっかりと発せられたそのひと言に、高槻はひとまず安堵した。

繋いだ手を解き髪を撫で肩を抱いてやると、凜は眉根を寄せた不機嫌な表情のまま、遠慮がちに高槻に体を寄せてきた。凍り付きそうな寒さはそれだけで薄れ、腕の中のぬくもりが今の高槻にとって世界のすべてになった。

闇の中に踏み出す一歩は、共に歩き出す新しい未来への一歩だ。もう何も恐れずに迷うことなく、雪に清められたこの道を歩き続けよう。

高槻は凜の肩に乗せた手に力を込め、改めてそう誓った。

駅から家までの車中でもまったくしゃべろうとしなかった凜は、帰り着き高槻が居間の明かりをつける間も待たず胸に飛び込んできた。

「なんでっ？　なんで、なんで……！」

高槻の胸を両拳で叩きながら、ずっと留めていた言葉を一気に溢れさせる。その迸《ほとばし》る激情に面食らい、高槻はただ震える背を抱いてやることしかできない。

「凛、落ち着け。寒いだろう。先にストーブを……」

「なんでだよ！　なんでおれのこと、置いてこうとしたのっ？」

澄んだ瞳にうっすらと涙を湛えたまま、凛は高槻を問い詰める。

「あれは……」

知人に会う予定だったという嘘を繰り返すことには、もう意味がない。凛はあのとき気付いてしまった。完璧に整えたはずの高槻の表情のわずかな変化と、指先から伝わる違和感から、あさはかな嘘を見抜いたのだろう。

「その方が、おまえのためにはいいと思っていた……」

もう逃げたくはない。嘘をつきたくもない。凛が聞きたいことにはすべて正直に答え、その上であえて責めを負いたかった。

「なんで、いいの？　士郎さんに置いてかれるの、おれ、いっこもいいことなんか、ないよ？」

長い間言葉を失っていた凛は、多少ぎこちなくつっかえながらも、必死で言葉を紡ぎ高槻を責める。おそらく言いたいことが次から次へと湧いてきて、吐き出さずにはいられないのだ。

「他人の俺と二人でこんな山奥で生活するより、姉さん達と暮らした方がおまえのためになると、そう思ったんだ」

「じゃあ、どうしておれに、そういうふうに、言わなかったの？　どうして、黙って置いてこうとしたの？　約束したのに……これからも一緒に星、見るって、約束したのにっ！」

小さな両手が高槻の胸元をしっかり摑み、激しく揺さぶってくる。

「言っても、おまえは承知しなかっただろう。俺から離れようとしなかったはずだ」

「当たり前でしょっ？　おれ、士郎さんと一緒にいたいの、わかってたよね？　それなのに、どうして？」

流暢《りゅうちょう》にしゃべれないのがもどかしいのか、たまに喉に手を当て眉を寄せながら、凜は高槻に疑問をぶつける。感情のままに言葉を声にしていくごとに、舌は感覚を取り戻していくようだ。

「ホントは、おれのこと、邪魔になった？　しゃべれないから？　お掃除も、お洗濯も、洗い物も、上手にできないから？」

「馬鹿、違うっ」

「じゃあ、どうして？　おれ、わかんない……。いつも士郎さん、自分の思ってること、話してくれなくて、おれにも、話させてくれなくて……だからおれ、いつもどうすればいいか、わかんなかったから。だけどおれ、嫌われたくなくて、言えなかった……。邪魔だって、思われたくなかったから……ホントはずっと、我慢してたんだよ？」

驚いた。凛はそんなふうに思っていたのか。

彼の繊細な心が自分の曖昧な態度にそれほど敏感になり、傷付き、悩んでいたことを高槻は初めて知った。

（俺は……何をしてたんだ……）

唯一の会話の手段を取り上げてしまえば凛が言葉を紡げないのをいいことに、向き合わなければいけない本当の気持ちから目をそらしていた。しゃべれない分だけ、彼がその想いを人の何倍もうちに秘めていることなど考えようともせずに。

「悪かった、凛。俺は、怖かったんだ。おまえを変えてしまうのが……」

かつては自分の弱さを決して認めようとしなかった高槻が、今心から素直に懺悔《ざんげ》している。臆病でみっともない、本当の己の姿をさらけ出すのは勇気がいった。でも今はあえてそうすることで、誰よりも愛しい人に許しを請いたかった。

「俺の間違った想いは、おまえを汚してしまう。だが一緒にいればきっと、触れたいという感情を抑えられなくなる。自分の罪に向き合う度胸もないくせに、欲望のままにおまえを抱いてしまったら手遅れになる。その前に、姉さんの所に帰すべきだと思ったんだ」

「なんで……なんで、聞いてくれなかったの？　おれの気持ち、ちゃんと聞いてほしかったのに。聞いてくれないし、話してくれないし、だから、おれ、士郎さんおれのこと、どう思ってるかよく、わからなくて……。前の、あの人と、同じ、なのかなって。ここって女の人いないから、それで仕方なく、おれを……」

「馬鹿なことを言うんじゃない！」

大きな瞳にこぼれそうな涙を湛えてたどたどしく言い募る細い肩を引き寄せ、高槻はしっかりと抱き締める。

凛がおずおずと両手を背中に回してくる。顔が伏せられた肩に、こぼれ落ちた涙が染みて冷たい。

「士郎さん、言ってほしいよ……？　なにも言ってもらえないの、おれ、不安だよ？　また置いてかれちゃうんじゃないかって、こわいよ？　士郎さんの気持ち、おれに、聞かせて」

嗚咽を漏らしながらも、凛ははっきりと言って高槻を見上げてきた。

「好きだ」

もう黙ってはいられなかった。生まれて初めて告げる特別な言葉を、高槻は自然に口にしていた。

「俺は、おまえが好きだ、凛。心も体も全部、俺だけのものにしたい。おまえさえ手に入ればほかに何もいらない。一生そばから離したくない。それが、本当の気持ちだ」

一度堰を切ってしまえば、わずかに残っていたためらいなどどこかにいってしまった。言ってはいけないとずっと押し留めていた想いを解き放つ感覚が、高槻を信じられないほどのカタルシスで包む。

「おれも、好き……」

凜が涙に濡れた目を瞬き、腕に力を込める。

「士郎さんが、好き。誰よりも一番好き。大好き！　ずっと……ずっと、言いたかったんだよ？」

高槻は首を横に振る。

「凜、おまえの好きは、俺の好きとは違う。おまえはわかってないんだ」

「なんで？　ちゃんとわかってるよ。なんでわかってないって言うの？　おれの気持ちを、どうして、士郎さんが決めちゃうの？」

「おまえは、前一緒にいたヤツにああいうことを教えられて、そうすれば俺に喜んでもらえると思ってつき合ってただけだ。それは俺への親愛の情で、恋愛感情とは違う」

高槻の言葉に凜はくしゃっと顔を歪めると、両の拳を怒りにまかせて激しく背にぶつけてきた。

「士郎さんは、どうしておれを、子供扱いするのっ？　おれ、声出なかったけど、ちゃんとわかってたんだよ？　……ううん、違う……士郎さんを好きになったから、わかったんだ。キスしたり、触られたりするのが嬉しいのは、士郎さんのことが、特別に好き、だからなんだって」

高槻をまっすぐ見上げて訴える凜が、見たこともないほど大人びて映る。

「前に雑誌で、読んだよ。特別に大好きなひとのこと。その人といると、嬉しくて、触りたくなって、幸せになって……。ああ、しろうさんのことだって、思った。しろうさんが、おれの、特別なひとだって」

凜の瞳が切なげに、甘やかに揺れる。

まだ十代の子供だから、トラウマを抱えてしゃべれないからと、先入観を持って彼を見ていたことを高槻は心から後悔した。凜は高槻が思うよりずっと大人で、人一倍強い感受性で様々なことを考えていたのだ。

「ほかの人に、こんな気持ちになったこと、なかった……。士郎さんだけだよ？　最初は、こわそうに見えたけど、ホントはやさしくて、さびしくて……しゃべるのうまくないとことか、いろいろ、おれと似てるから、だから一緒にいたいって思った。一緒にいて安心したし、一緒にいてあげたいって、思ったんだよ？」

切実な表情で言い募る凜の目には、高槻への想いが溢れている。きっと凜も、その特別な感情を必死で抑え付けていたのだ。高槻に嫌われるかもしれないと恐れて。

「おれ……おれ、ホントは、士郎さんとまた、キス、したかった。触ってほしかった。でも、士郎さん、いやなのかなって思ったから……。おれとしたこと、後悔？　してるみたいな、感じだったから……」

「凛……嫌なわけがないだろう」

愛しさが急速に高まり、細い背中を抱く手に力がこもる。

「いつだって触れたかった。だが、触れちゃいけないと思って我慢してたんだ。俺の想いを押し付けて、おまえの自由を奪いたくなかった」

大切なガラスの器を愛《め》でるようにやわらかい髪を撫でてやると、凛は目を細め、安心したようにホッと息を吐いた。

「じゃあ……もう、我慢しなくても、いいんだよね？　好きなの、士郎さんのほうだけじゃないから……おれも、だから」

もう限界だった。凛の本当の想いをしっかりと受け取り、高槻の迷いも戸惑いも春の雪のように消え去っていた。今あるのは、触れて確かめたいという気持ちだけだ。

答える代わりに唇を寄せた。触れ合った瞬間、全身が甘く溶けてしまいそうな感動に包まれる。

ずっと抑えていた分熱が高まるのは早く、高槻は愛しいその唇を何度も啄《ついば》みながら軽い体を両手で抱き上げた。びっくりしたのか、凛が「あ……」と小さな声を出して、首にすがりついてくる。

「凛……おまえに、触れていいか」

問う声は、熱を帯び掠れていた。視線を泳がせコクッと頷くその頬が桃色に染まるのを見てたまらなくなる。

抱き上げた凜を、高槻はそのまま自分の寝室まで運んで行く。部屋にたどりつくまでの間に何度も足を止め、キスを交わし合う。次第に深くなる口付けで、想いはさらに深まっていく。

やや緊張している体をベッドに下ろし、コートを脱がせ、シャツのボタンをはずしていった。凜は幾分硬くなりながらも、高槻が服を脱がせていくのに協力する。部屋は寒いはずだったが、うちから湧いてくる熱のせいか凜の肌は温かい。

それは高槻も同じだった。不思議なくらい寒さを感じない。着衣を脱ぎ捨てていくごとに、これまで自分に嘘をつきながら意固地になって身につけていた無意味なモラルをも捨てていくようで、むしろ身軽な気分になっていく。

バースデープレゼントのペンダントだけを身に着けた凜が、同じくすべてを脱ぎ去ってベッドサイドに立っている高槻の腰に遠慮がちに手を回してくる。肌が直に触れ合う感触に、体はさらに熱くなる。

透けるように白い凜の肌が、ガラスのランプの淡いブルーの光に浮かび上がる。風呂で全裸は見たはずなのに、気持ちが通じ合った今見るそれは、あのときとまったく違った印象を帯びてくる。絹のような肌も、つぶらな瞳も、桜色の唇も、高槻を誘ってやまない。

自分のことを性的に淡白だと思っていたのは、どうやら間違いだったらしい。欲望に忠実な中心は早くも凜を欲しがり、昂ぶりを示しはじめている。

細い指が大きくなりはじめた幹におずおずとかけられると、体の奥に眠らせた官能が激しく揺さぶられたが、かろうじて残っていた理性がその手をはずさせた。

「凜、それは、しなくていい」

過去、凜につらい行為を強いた男を思い出させるようなことはさせたくないという気持ちから止めたのだが、凜は意外にも悲しそうな瞳で高槻を見上げてきた。

「士郎さん……いや……？」

「そうじゃない。おまえが、嫌なことを思い出すから……」

高槻の言葉に、凜はゆるゆると首を振った。

「おれ、上書き、させてほしい」

「上書き？」

「しろうさんにしたら、特別なひととすることだって、ちゃんとわかるから。いやじゃなかったら、お願い」

潤んだ瞳で見つめられ請われては、諸手を上げて降参だった。

「わかった。してくれ」

立ったままやわらかい髪を撫で、掠れる声で奉仕を求めた。露骨な懇願に応え、凜が微笑む。ずっと欲しかった宝物をもらえたとでもいうように、嬉しげに。

硬くなりかけた高槻の剛直に、凜はそろそろと両手を添えて根元から先端までおもむろに擦りはじめた。うまいというわけでもないのに、そのいたいけで一生懸命な表情に不埒な熱を煽《あお》られる。

「士郎さん……士郎さん……」

舌足らずな声で名をつぶやきながら健気《けなげ》に手を動かす様子に刺激され、高槻のものはどんどん角度を持ちはじめる。

過去のセックスはすべて体の生理的な反射で、感情が伴うものなど一度もなかった。だが、今は違う。触れているのが凜だと思うだけで、体だけでなく内面まで満たされてくるのがわかる。

心が伴わない欲望だけの愛撫と、想いの込もった愛撫とは全然違うのだという基本的なことを、高槻は身を持って知った。

「凜……もういい」

止めたのは、このままだとすぐに凜の小さな両手に出してしまいそうだったからだが、凜は何を誤解したのか申し訳なさそうな顔で見上げてきた。

「ごめんなさい……おれ、上手じゃなくて……」

「馬鹿、違う。よすぎるからやめてくれと言ったんだ」

びっくりしたように目を瞠《みは》る凜をそのままベッドに押し倒し、自分も乗り上げた。高槻自身は大いに猛《たけ》り、今すぐ凜の中に入りたいと天を向いていたが、それよりも相手を大切に、気持ちよくしてやりたいという想いが勝った。

「今度は俺がしてやる」

「え……？　士郎さ……あっ」

おろおろと戸惑う凜は、高槻がのしかかり首筋に口付けると、小さな声を上げてきゅっと両目をつぶる。その愛らしい仕草に煽られ、高槻はわななくその体に触れていく。

真っ白い首筋に吸いついたまま滑らかな胸に指を這わせると、凜はふるふると体を震わせた。怖かったり嫌だったりするわけではないのは、そっと開いた目が潤んで頬が桃色に染まっていることから明らかだった。

痛々しい傷跡をなぞるように吸い上げながら、胸全体に所有の証《あかし》を散らしていく。桜の花びらのようなピンク色の乳首に触れゆるゆると転がしてやると、小さな甘い声が漏れた。

「し、士郎さ……そこ、へん……っ」

「嫌か？」

わずかに首が振られて、凜の頬はさらに赤くなる。少しずつ硬くなってきた胸の突起を口に含むと、彼の唇と同じくとろけそうな味がした。

「へん……なんか、へんだよっ」

一生懸命訴えながら、凜が恥ずかしそうにもじもじと身じろぐ。

「おまえは……可愛いな」

甘い囁きなど持ち合わせていない高槻にとっては、もうそれ以外に言葉がみつからない。体をずらし、愛らしく勃《た》ち上がってきた花芯に手を触れさせると、「あ……っ」と凛が艶《つや》めいた声を上げた。

「凛、おまえもこうすると、気持ちいいか」

凛がしてくれたようにおもむろに擦ってやると、真っ赤になった顔がコクコクと頷く。そしてためらったように唇が開かれた。

「また、士郎さんのと……一緒に……」

そこまで言って恥ずかしくなったのか、凛はパチパチと瞬き黙ってしまう。

互いに触れ合い、昇りつめた夜のことはもちろん忘れていない。あのときは、欲情を持って凛に触れることの罪悪感に心を疼かせながら達したが、今はもう違う。同じ想いを重ね合わせて共に迎える絶頂を、高槻も味わってみたかった。

昂ぶった自分のものと、熟れる前のピンク色の果実のような凛のものをまとめて握り込むと、凛の体がビクリと震えた。怖いわけではないらしい。手の中のものは硬さを増し、両手は遠慮がちに高槻の肩に乗せられる。

「凛、行くぞ」

そろそろと手を動かしてやると、可愛らしい甘い声が喉の奥から漏れ、腰が浮いた。ピタリと合わされた凜自身の熱や、体の下で身じろぐ真っ白い肌の艶《なま》めかしさに刺激され、高槻の手の動きも速くなる。

「あ……っ、あぁ……っ」

肩に置かれた手にぎゅっと力が入り、凜は全身を震わせて逐情した。その可憐な中にも艶を滲ませる表情に煽られ、高槻も昇りつめる。

「っ……」

言葉にならないほど深い快感に全身を包まれ、高槻は余韻に震える体をかき抱き、桜色の唇に口付けた。

「士郎さん……士郎、さ……」

離れた唇で名を呼び続ける凜が愛しくてたまらず、何度もキスを落とした。だいすき、と、恥ずかしそうな声で耳元で囁かれ、下腹にまた欲情が集まってくる。

二人の吐き出したもので濡れた指先を滑らせ、奥の秘口にそっと触れると、凜の体が緊張したのを感じて高槻はすぐに手を引いた。

凜が以前暮らしていた男に何をどこまで要求されたのか、あえて聞いたことはなかったが、本当は気になっていた。もしも鬼畜男が凜のすべてを奪っていたのだとしたら……そして凜の心にその行為が傷として残っているのなら、繋がるのは無理かもしれない。

「士郎さん……?」

凜を抱いたまま複雑な顔で黙り込んだ高槻の表情に、不安になったのだろう。凜は心配そうにそっと目を上げてきた。

澄んだ瞳を見返し、高槻はタブーに触れる覚悟を決める。もう何一つ、凜に隠しごとはしたくない。

「凜、俺はおまえとひとつになりたい。意味はわかるか？」

「う、ん……」

頷くその唇が、ふわっと嬉しそうに微笑む。

「おれも、士郎さんと……なりたい。こいびとに、なるんでしょ？」

『こいびと』という言葉を大切に丁寧に口にした凜の髪を撫でてやりながら、高槻は思い切って尋ねる。

「怖くないか？　あいつに……昔、無理矢理されたんじゃないか？」

凜はすぐに首を振った。

「し、してない。あのひとは、お風呂のときおれに手でさせて、勝手に出して終わり。それ以外は、してないよ。手でするのも、ホントはすごくやだったけど、しなきゃ殴《なぐ》られたから……」

顔を曇らせつらい過去を語る唇にそっとキスを落としてやると、凜は安心したように息をついた。

「でも、おれ、士郎さんには、自分からしたいって思ってたよ。士郎さんのこと、好きになってたから。だから、もっとしてほしい……なりたい」

『こいびと』という言葉がホワイトボードに書かれた彼の字で浮かび、心が繊細に震えた。

「あぁ。俺も、なりたい。おまえの特別に」

素直に告げると、首に細い腕が絡まり引き寄せられ、啄むようなキスをされた。愛しさが高まり、再び欲望が猛ってくる。

「凛、後ろに触るぞ。おまえの中に、俺を入れてほしい」

「うん……士郎さんが、ちゃんと入れるようにして」

健気な言葉に口付けで応え、高槻は一度引いた手を再び蕾《つぼみ》に持っていく。触れた入口はとても小さくて、壊してしまうのではないかと不安になる。

すらりとした両脚を立たせ、開かせると、凛は恥ずかしそうにきゅっと首をすくめた。

「んんっ……」

あまりにも狭い入口をゆっくりと丹念にほぐしながら中指を潜らせると、凛が微かな呻きを上げて手を伸ばしてきた。その手を首に巻き付けてやり、気を散らすように乳首や中心を弄《いじ》ってやる。凛が気持ちよさそうにふるふると体を震わせるたびに緊張は解け、高槻の指は深く中に入り込む。

「凛、痛くないか？　無理はするな」

「だい、じょうぶ……士郎さんが、入ってくれるの……うれしい、から……」

おそらくは快感とはほど遠い違和感を耐え、一生懸命微笑んでくれているのだろうその表情には、不安げなところはまったくない。高槻を信頼し、安心しきっているのが伝わってくる。すべてをゆだねてくる姿に、守ってやりたいという保護欲が溢れてきた。

たったひとりで生きてきて、他人のことを大切だなどと思ったことのない人生だった。こんなふうに誰かに全面的に寄りかかられることなんか、とんでもなく面倒だと思っていたはずなのに、今は凛に頼られるのが嬉しい。凛が信頼してくれるから、自分の存在価値を見出せるような気すらしてくる。

誰かを幸せにしたいと思うこと。いや、そんな大げさなことではなくて、誰かの笑顔を見たいと願うことで、人は満たされるのだと初めて知る。凛さえそばにいてくれれば、高槻はもう渇くことはない。

「凛、おまえを愛してる」

誰にも言ったことのない、これからも言うことはないと思っていた言葉が、自分でも意識せずにこぼれ出た。

凛はその真摯な告白に嬉しげに目を細め、唇を開き答えようとしたが、高槻が己の昂ぶったものを蕾にあてがうときゅっと瞳を閉じた。その頬を撫でてやりながら、高槻は慎重に腰を進めていく。

「あぁっ……や、やぁ……っ！」

さすがにつらいのだろう。開かれた瞳に涙が滲んでくる。

先端が少し入った状態でもきつい。宥めるように背を撫で萎えた中心をやんわりとしごいてやると、頬がまたピンクに色付いてきた。

「凜……凜、つらいか？」

「ううん、おれ、だいじょうぶ……だいじょうぶだよ、士郎さん……」

繰り返し大丈夫と言いながら、しがみついている小さな手が高槻の背中を撫でてくれる。

健気に耐えている表情に、愛しさで胸が締め付けられる。

「無理するな」

頬をさすってやると、少しだけ眉を寄せていたその顔がニッコリと笑い、いじらしさに心臓を貫かれた。

「しろうさんと、ひとつになりたいよ。それで、ずっと、一緒にいる。だから、平気だよ……嬉しいよ」

「凜……っ」

壊さないように慎重に、と思っていたのに、もうたまらなかった。

少し硬さを持ってきた凜の中心を慰めながら、狭い秘部を押し開くように侵入していく。

強く締め付けられ、包まれ、引き込まれる快感に、目の奥がスパークする。

たまらず熱い息をつく高槻を、凛は潤んだ瞳で見上げてきた。

「しろう、さん……っ、おれの中、入ってる……あっ」

凛が小さく声を上げる。高槻が一気に腰を突き入れたからだ。凛は体を震わせて高槻にすがりついてくる。

実際に同性と寝たことはなかったが、無駄に知識だけはあった。高槻は慎重に凛の熱くやわらかい内壁を擦りながら、反応のいいポイントを探す。こんなふうに相手の感じるところをゆっくり探ってやるような、根気強いセックスはしたことがない。

だが今は、凛を感じさせてやりたい。自分だけでなく凛も気持よくしてやって、共に満ち足りた絶頂を迎えたい。

「ぁ……っ」

一点をかすめたとき凛がまた声を上げ、びっくりしたように瞳を見開いた。高槻がそこをゆっくりと繰り返し擦ってやると、白い体は背筋をしならせながら身悶《みもだ》える。

「やぁ……！　やだ、しろうさん……っ、おれ……っ」

「気持ちいいか」

「ん……きもち、い……しろうさん……っ」

恥ずかしがって肩に擦りつけてくる頭を支えてやり、額に、頬に、唇に口付けてやると、可憐な花のような凛特有の香りが強くなって、絶頂感が急速に高まった。

「凛……凛……っ」

「しろう、さん……っ」

好きという言葉に代えて名を呼び合いながら体をかき抱《いだ》く。おもむろに引いては突き入れるたびに繋がりは深くなり、愛しさも増してくる。ピタリと体をくっつけて、まるで一体になってしまったかのように、高槻と凛は離れ難く絡み合う。

物音一つ聞こえない森の中の一軒家。世界にたった二人だけで取り残されたような静寂が、互いの距離をさらに近くする。

「凛、一緒にいくぞ」

「いっしょ……?」

「そうだ」

朦朧《もうろう》と潤んだ瞳を見ながら頷いてやると、凛はホッと安堵の微笑を浮かべた。高槻の手が張りつめた愛らしい中心の先端を包み込み、絶頂を促すようにしごいてやる。

「あっ！　や、ぁあっ！」

凛が切なげな声を上げて極めると同時に、締め付けられた高槻も己を解放した。

その瞬間、なぜか二人で見た星空が脳裏によみがえった。

満点の星が輝く宙空に、しっかりと抱き合ったまま放り出されたような、不思議な感覚が高槻の全身を包む。心地よい浮遊感から緩やかに落ちていく甘いめまいの中で、腕の中のそのぬくもりだけが確かだった。

寄せてくる官能の余韻に浸り、深すぎる快感に身を震わせる凜を、高槻は宥めるように撫で続ける。凜の体からゆっくりと自身を引き抜くと、不安になったのかしがみついてきたので優しく抱き締めてやった。

恥ずかしいのか伏せたままの顔を上げさせ桃色の唇に口付けると、控えめに開かれ高槻の舌を受け入れた。

「……雪の、おと……」

唇が離れ、聞き取れないほどの小声で凜がつぶやいた。

「ん？」

「聞こえる……雪の降る音……。前、士郎さん、言ってたでしょ？　ほかの音が聞こえないから……雪が降ってくる音だけが、聞こえるって」

視線を窓に移すと、雪明りの中に白銀の風景がうっすらと見えている。完全な静寂の世界がそこには広がっていた。

以前はこの景色に底のない孤独感を覚え、取り残されたような恐怖すら感じたこともあった。だが、もう今はひとりではない。腕の中には永遠に寄り添っていく人の、得難いぬくもりがある。

瞼を閉じ、音無き音に耳を澄ませていた凜の瞳が、想いを込めて開かれ高槻に向けられる。

「きれいな音、だね。静かで、おっきくて、やさしくて……なんか、士郎さんみたいだ」

凛はそう言って笑い、高槻の胸に顔を埋める。

優しい音——そんなふうに思ったことは一度もなかった。高槻にとって雪の音は常に無機質で、凍り付きそうなほど冷たく、孤独をさらに深めるものでしかなかった。

だがこうして凛を抱いていると、静寂の中の優しさが染みてくる気がする。

（そうか……こんなに、優しかったのか……）

しんしんと降りてくる雪は、静かに、温かく、高槻の心に降り積もる。もうひとりではないことをひそやかに祝福してくれている、天からの紙吹雪《かみふぶき》のように。

窓の外の雪に目を細め腕の中のぬくもりをもう一度抱き締めると、背に回された凛の腕にも力が込もり隙間がなくなるほどピタリと体が合わされた。

込み上げてきた深い喜びは高槻の瞳の奥を熱くし、本当はずっと寂しかった心をやわらかく包み込んだ。

＊＊＊

鼻先を掠めたそよ風が春の香りを運んできた気がして、高槻はふと空を見上げた。

絶え間なく降る雪に視界を閉ざされる長い冬は終わり、ガラス工房を囲む木々も青々とした若葉を芽吹かせはじめている。日の当たらない場所につい先週まで残っていた雪溜まりももうほとんどなく、凜がはしゃいで作った大きな雪だるまも跡形もなく溶けてしまっていた。

「おいこら、凜っ！　それどこ持ってくんだよ、駄目だって！」

若葉の青さに眩しげに目を細めていた高槻は、けたたましい声で現実に戻される。バタバタと騒がしい足音が聞こえ、両手にダンボールを抱えた凜が工場から飛び出してくる。高槻を見るとパッと顔を輝かせ、ダンボールごと抱き付こうとでもいうのか、体当たりしてきた。

「おっと！　こら、危ないだろう」

全体重をかけて寄りかかってくる凜を、高槻はかろうじて支える。彼がしっかり抱えている小さめのダンボールをのぞくと、破損したガラスの欠片が山ほど入っていた。

「なんだ、一体？」

問いかけたところに卓《たく》が追ってきた。

「ほらー、それ戻せって、危ないから！」

「だってこれ捨てるんでしょ？　英介《えいすけ》さん言ってましたよ？　だったらおれ、もらってもいいですよね？」

凜は高槻から離れると、卓の手を逃れちょこまかと逃げ回る。

「おれ今、いらないガラスの欠片集めて、すごいの作ってるんです！　部品いっぱいいるから。これ全部ちょうだい、卓さん。ね？」

「こないだも処分ガラスで手ぇ切っただろ！　また親方に怒られるぞ！」

「今度は気を付けるからっ。約束！」

一方的に小指を立て、パタパタと駆けて行ってしまう後ろ姿を見送りながら、高槻はやれやれと息をつく。

「卓、悪いな、いつも」

「士郎さーん、あいつってホントは、ああいうにぎやかキャラだったんすか？　最初は人形みたいにおとなしかったのになぁ」

卓も苦笑で肩をすくめる。

最近はガラス棒作りの方も少しずつ手伝えるようになってきた凛の面倒を見るのは、一番年下の卓の役目だ。天性のセンスがありデザインや配色を考えるのが得意な凛は、このところ高槻も驚くほどいい作品を作れるようになってきた。だが、元気がよすぎていろいろと失敗をやらかすのは困りものだ。

実際凛はしゃべるようになってから、よく笑うようになった。ますます表情豊かにもなり、自由奔放で無邪気な本来の性格が表に出てきはじめている。

今も定期的に電話をかけてくる理沙子は、『昔はいたずらっ子だったのよ』と懐かしそうに言っていたが、元気いっぱいの凛にまだ慣れない高槻は、いろいろと驚かされてばかりだ。

「すまないな。俺が言っても、あいつはどうも聞かなくて」

甘えてくる凜を許してしまうのもいけないとわかってはいるのだが、楽しそうにしている彼を見るのが嬉しくて、高槻もつい自由にさせてしまう。

そしてそれは工房の皆も同じらしい。来た頃は萎縮しきって硬直した笑みを浮かべているだけだった凜が、今は人一倍しゃべり、はしゃぎ回る姿を微笑ましい顔で見守っていてくれる。

「あー、いいっすよ、いいっすよ。ぶっちゃけあいつ見てると、なんかこっちまで楽しくなってくるんすよねー。つまんないことでいっつもはしゃいでさ。まったく何があんなに楽しいんだろって思うよ」

卓が笑う。

「明るくなって、マジでよかったっすよね」

と、つけ加えられた言葉に思いやりが感じられ、高槻も微笑を返したところで、凜が消えた方角からガチャンと派手にガラスの割れる音が届いてきた。

「あちゃー、やらかしたかな」

「あの馬鹿……っ」

飛んで行った高槻と卓の視界に入ったのはひっくり返ったダンボールと、宝石を撒かれたように周囲に散らばったガラス片だった。その中央で凜がうなだれ、富永《とみなが》に頭を押さえ付けられ雷を落とされている。

「士郎、もっとちゃんとしつけとけ」

「親方、すみません」

あわてて謝り渋面を凜に向けると、凜は首をすくめ、やっちゃった、と小さく舌を出した。それを富永に見咎《みとが》められ、ゴツンともう一つ拳固を落とされる。

「いたっ！　親方、ごめんなさい……っ」

「このいたずら坊主が。あんまり騒がしいと口にガムテープ貼って、白いのまた持たせるぞ」

『白いの』とは、ホワイトボードのことだ。つらい時期を思い出させるアイテムを今では軽口にしてしまえるくらい、人形のように固まりボードを握っていた凜は、皆の中でもう過去のものとなっている。

「ねぇ親方、おれ今、ガラスの欠片ですごいオブジェ作ってるんです！　だからこれ、もらっていいでしょ？　もうね、ホントすごいんですよ！　出来たら工房の入口に置いてほしい！　きっと村の人みんなが見に来て……！」

「わかったわかった、好きにしろ！　おい士郎、坊主にはおまえからよく言っておけ」

しゃべり出したら止まらない凜に音を上げ、富永はさっさと工場内に逃げて行く。

「凜、それちゃんと片付けとけよ」

卓が苦笑で言い、後を頼みます、と高槻の背を叩いて富永を追って行った。

高槻はこれ見よがしに深く嘆息し、楽しそうにニコニコしているその桜色の頬を軽く摘まむ。

「工房ではおとなしくしてろって、もう何回言わせるんだ？　おまえは」

精一杯威厳を保って、コツンと拳固を頭にぶつけると、

「あー、おれってホントに落ち着きないよね。士郎さん、ごめんなさいっ」

と、小さな体が胸に飛び込んできた。ぎゅうぎゅう抱き付いてくるのは可愛いが、ここは仕事場だ。

「こら凜っ、ここじゃ駄目だと言ってるだろう。ほら、さっさと片付けろ」

両肩を摑んで引き離し、髪の毛をくしゃくしゃにしてやると、

「了解っ、すぐに片付けます」

と敬礼してから、しゃがみこんでガラス片を拾いはじめる。高槻も手伝って大方綺麗になったところで、凜は何を思いついたのかいきなり高槻の腕を引っ張った。

「ちょっと来て！　士郎さんには特別に、こっそり見せてあげる」

「なんだ？」

「いいからっ」

ワクワク顔の凜に腕を摑まれたまま、半ば無理矢理引っ張られていく。

工房の裏手の陽だまりになった空き地にさしかかり、高槻は目を瞠った。空地の中央に、凜の身長ほどもある奇妙なオブジェが見えてきたのだ。

「あれ」

凜が自信作を指さす。

さまざまな色のガラス片を張り合わせて作ったらしい、ヒョロッと背の高いそのオブジェはまだ制作途中だったが、なかなか見事な出来栄えだ。色の組み合わせが絶妙で、とても寄せ集めのガラスで作ったとは思えない美しいグラデーションを描いている。

「士郎さん、なんだかわかる？」

自慢げに胸を張り見上げてくる凛に、高槻は頷く。

「スカイパークか」

それは忘れもしない、別れを決意した日に二人で展望台に上った、ちよだスカイパークのビルだった。

その場所で、高槻は初めて凛の声を聞いた。『しろうさん』、と呼んだそのか細い声は、今でも耳に残っている。そしてその声がふいによみがえってくるたび、いい知れぬ感動が湧き上がり、今でも目の奥が熱くなる。

「全部できたらね、理沙姉と先生に写真送ってあげるんだ。両脇におれと士郎さんがいる写真。それと、工房のみんなの写真もね！」

そう言って凛は明るく笑い、出来かけのビルを両手で軽々と持ち上げた。眩しい春の日差しがガラスのプリズムを通した虹色の光で愛しい人を包み、高槻にとって何ものにも代え難い尊い笑顔を飾る。

「それはいいいな。姉さんと田丸さんも喜ぶだろう」

その写真に凛と共に映る高槻もきっと、自分でも見たことのない明るい笑顔を浮かべているることだろう。

これから訪れる春、夏、秋、そしてまた冬と、過ぎゆく季節の風景をたくさん撮ってアルバムに綴っていこう。降り注ぐ光のように、優しさに満ちた笑顔を重ねていこう。

いつまでも、凛と二人で。

「早く完成させせろよ」

自信満々にビルを掲げるその肩を抱いてやると、愛してやまない宝物は雪を溶かす陽だまりのような温かい笑顔を高槻に向け、「うん！」と大きく頷いた。

真白な世界に愛は降る

目を閉じてじっと耳を澄ましていると、雪の降る音がひそやかに聞こえてくる。それは凜《りん》がこの地に住み、こうして冬を迎えて初めて知った音だ。

東京のマンションでは両手でしっかり耳をふさいでいても、聞きたくない騒音がたくさん入り込んできた。

車のエンジンやブレーキの音。

どこか遠くでけたたましく鳴るサイレンの音。

上階の人が立てる乱暴な足音。

そのすべてが凜の心を怯えさせ、外部の『敵』から自分を守るために作り上げた見えない殻を、次第に厚くさせた。

けれどここでは、耳に心地いい音しか届いてこない。

風に木々の鳴る音。

鳥や虫や動物の鳴き声。

そして、雪が降り積もっていく静かな音。

『しんしん』という言葉をよく使うが、本当にそんな音をさせて雪は積もるのだ。

そっと耳を傾けていると、ぎゅっと小さく固まっていた心が解きほぐされ、無限に平らかになっていくような気がしてくる。

その静謐で心地よい音に、凜は居間の窓から銀世界を眺めながら飽くことなく聴き入っていた。

高槻《たかつき》から聞いてはいたが、本当にこんなふうに何日も雪が降り続くとは思わなかった。天地の境もわからなくなるほど白一色に覆われる見慣れない風景は、凜の心に不安よりもむしろ安堵をもたらした。

雪はまるで高槻のようだと本人に言った。十日前、彼と初めて結ばれた夜のことだ。こうして積もっていく雪を毎日窓から見つめ、凜はその想いを深くする。

雪はとても冷たい。だが静かで、包み込んでくれるような大きさと優しさに満ちている気がする。

「士郎《しろう》さんは、すごくあったかいけど……」

独り言をつぶやいたら、窓が息で白くなった。

話せるようになってから、凜はよく独り言を言うようになった。黙っていると、また声が出なくなったらどうしようと訳もなく不安になってくるからだ。

しゃべることにもっと慣れたい。いつでも声を出していたい。高槻に、心のうちをすぐに伝えられるように。高槻が凜の気持ちを誤って推し量り、ひとりでどこかに行ってしまおうとすることなど二度とないように。

「ずっと、一緒にいるんだ……」

じっと雪を眺めながら、凜は力強くつぶやく。

大丈夫だ。今日も声はちゃんと出ている。

しゃべれるようになり、いろいろなことが変わった。考えたり感じたりしたことをすぐに伝えられるようになったので、高槻とのコミュニケーションも前より格段にスムーズになった。凜にはそれが、何より一番嬉しかった。

ガラス工房の人達に初めて自分の声で語りかけた言葉は、『ありがとう』だった。最初は緊張して、舌もうまく回らなかったけれど、皆凜がびっくりしてしまうほど喜んでくれた。英介《えいすけ》や卓《たく》だけでなく、いつも仏頂面の富永《とみなが》まで笑顔で凜の言葉に頷いてくれ、祐子《ゆうこ》と好恵《よしえ》は涙まで浮かべていた。凜も、ありがたさにもらい泣きしそうになった。

この地に来て凜は、これまでは怖がっていたはずの他人という存在から、思いがけない温かさをたくさんもらった。中でも一番大切なものをくれたのは、もちろん高槻だ。

「士郎さん、まだかな……」

今日は日曜日で仕事は休みだ。高槻は、頼んでいたものを受け取って来ると言って、知人宅に車で出かけたままだ帰らない。雪道の運転は慣れているらしかったが、無事な顔を見るまではやはり心配だ。

微かにきざした不安を追い払おうと凜は気持ちを落ち着け、高槻とのこれまでの日々を丁寧に思い返す。

見かけによらない意外な温かみを高槻に感じはじめたのは、いつの頃だっただろう。

初対面のときは、すごく怖そうな人だなと思った。だからこの家に連れて来られてからも、しばらくは緊張していた。体は大きく、顔もいつも気難しく怒っているように見える彼に、叱られて痛いことをされるのではないかと恐ろしかった。

でも、姉の理沙子《りさこ》は言っていた。『高槻さんは大丈夫。心配しなくていいから』と。

その通りだと、共に暮らすうちにだんだんとわかってきた。いつしか、高槻の何をそんなに怖がっていたのか思い出せないくらいになり、むしろ一緒にいると安心するほどになった。

隣にいて安心できる人と寄り添っていると心まで温まるのだということを、凜は高槻から教わった。高槻のそばにいるだけで、厚く塗り固めていた外側の殻が自然にはがれ落ち、膝を抱え丸まっていた本来の自分が徐々に手足を伸ばし、深呼吸ができるような感覚があった。

「似てたから、かな……」

安心できたのは、と凜は思う。

高槻は凜と違いちゃんと声を出して話せたけれど、思っていることを言葉にするのは苦手なようだったし、凜とどうやってつき合ったらいいのか迷っているのが伝わってきた。

——この人も、自分と同じかも。

そう思えたから、少しずつ距離を詰められたのかもしれない。もしも、高槻が誰とでも気兼ねなく話せる社交的なタイプだったら、逆に凜は気後れして信用するのに時間がかかっただろう。

距離が近くなってからは、触れたり、触れられたりするのを心地いいと感じるようになり、いつしか嬉しくなった。彼を好ましいと想う感情が姉に対するものとは違うかも、と気付いた頃からは、だんだんと困惑しはじめた。

――この気持ちって、何なんだろう?

そう考えたとき、なぜか最初に浮かんだのが母の顔だった。高槻に対する凜の『好き』という気持ちは、母が恋人達に抱いていたものと似ているような気がした。

母は常に男の人を好きになっていた。恋人に捨てられると、またすぐに好きな人を作って一途に尽くした。多情だ、尻軽だと陰口を叩く人もいたが、母が常に相手の男の人に対して『本気』だったのも凜は知っている。

――好きになったらもう理屈じゃないの。どんなことがあっても一緒にいたい。いつも抱き合っていたい。

恋人だった男の一人に、そんなことを言ってすがっていた姿も覚えている。

そんな母を見て来たので、凜は恋愛というものが怖かった。あんなふうに自分を失うほど相手にのめり込んでしまうものなのかな、と恐ろしかった。

恋という愛の形が母のようなものだけではないのかもしれないと知ったのは、雑誌を読むようになってからだ。理沙子と再会しマンションで共に暮らしはじめてからは、締め切った部屋に引きこもり、ほとんどひとりで過ごしていた。その間ずっと、理沙子が会社からもらってきた古い号の女性誌を読んでいた。

雑誌にはたまに、恋愛の特集が載っていた。けれどそこに書かれている恋愛は、母がしていたような過酷なそれとはまったく違うものだった。

『一緒にいると楽しい』『笑っていられる』『あったかくなる』『触れたくなる』『触れられると気持ちよくなる』

そんなときめく言葉で恋は表現され、掲載されている写真やイラストのカップルもとても幸せそうで、凜は驚いた。恋愛はもしかしたら、自分の思っているような怖いものではないのかもしれない。そう感じた。

――恋、なのかな……。

いつしか高槻に抱きはじめた気持ちは、母のようにつらいものではなく、とても温かくて大事にしたい、愛おしいものだった。そう、間違いなくこれは、きっと、恋かもしれない、と、凜は思ったのだ。

けれど恋心を自覚すると同時に、不安にもなった。高槻の気持ちも、自分と同じかわからなかったから。

「でも、今は、不安じゃないよ」

凜はつぶやく。しっかりと、自身に確認するように。

凜も高槻も、気持ちは同じだ。今は心も体もしっかりと繋がっている。だからそのことは、もう不安ではない。

不安なのは、今の幸せが本当に現実なのか、たまに信じられなくなることだ。

恋人に捨てられては嘆き、荒れる母をずっとそばで見て来た。だから雑誌で読んだような、手を繋いで幸せそうに微笑み合っている恋人達の姿が、自分と高槻になかなか重なってくれないのだ。

（夢、見てるんじゃ、ないよね……）

今度は声に出さず、凛は心の中でつぶやく。

ひとりでいると心配になる。もしかしたら高槻はもうこの家に帰って来ないのではないかなどと、あり得ないことまで考え出しそうになってくる。

ほうっと深く息を吐き、とにかく表まで迎えに出てみようと立ち上がったとき、タイミングを計ったように車のエンジン音が届いてきた。

一刻も早く顔が見たくて、凛は転がるように玄関から駆け出る。高槻はちょうど車から降りてくるところだった。

「士郎さん、おかえりなさい！」

足首まで埋まる雪を蹴散らし、一直線に駆け寄りしがみついた。コートも羽織らずに出て来た凛に、高槻は眉を寄せる。

「こら、またそんな恰好で……風邪をひくだろう」

軽く叱りながらもたくましい両腕が包むように背を抱いてくれて、凍り付きそうな寒さから守ってくれる。温かさが伝わり、心から安堵する。

このぬくもりは、夢じゃない。現実のものだ。

「家の中に入ってろ。俺は荷物を下ろしていく」

「おれ、手伝うよ」

少しでも高槻と離れていたくなくてしがみついたまま見上げると、いつも厳しく引き結ばれている口元が少しだけ緩み、大きな手で髪を撫でられた。

「大丈夫だ。おまえは湯を沸かしておいてくれ」

「あ、おれ、士郎さんと一緒に入りたい」

「馬鹿、風呂じゃない。コーヒーが飲みたいんだ」

困った顔になった高槻に額をつつかれ、勘違いに頬を染めながら、凜はそそくさと家の中に駆け戻る。水を入れたやかんを火にかけながら、火照った頬を両手でパタパタと扇いだ。

高槻も自分と同じ気持ちであり、恋人として愛されていることはもう疑っていない。けれど彼のほうは歳の離れた凜を気遣い、なんとなく遠慮しているようなところがあるのを感じる。

「おれ、いいのに……」

想いを確認し合い、体を繋げてからまだ十日だ。あれから高槻は凜を優しく抱き締めたり、触れて気持ちよくしたりは何度かしてくれたけれど、あの夜のように情熱的に愛してはくれない。

今のままでも十分嬉しいのだが、凜としては本当は、もっと深く確かめ合いたい。恋人として、一人前の大人として、もっともっと求められたい。

多分、焦っているのだろう。自分でもわかっている。あまりにも急に幸せになってしまったから、終わりもすぐに来てしまうのではないか、などという漠然とした不安感に常に苛《さいな》まれているから。

(大丈夫……今は、夢じゃない。おれ士郎さんと、離れたりしない)

胸に手を置き自分に言い聞かせ頷いたところで、玄関のドアが開き、高槻が居間に入って行く気配がした。

沸いた湯を手早くポットにあけてから、凜も居間に飛んで行く。室内をのぞいて、見慣れないものに目を丸くした。

「士郎さん、それ、何?」

凜の身長と同じくらいの、枝ぶりのいい針葉樹を居間の隅に置いていた高槻に尋ねると、

「ああ、モミの木だ」

と、振り向かずに答えが返ってくる。

凜は首を傾げてしまった。

殺風景な居間に植物を置いたら温かい雰囲気になるかな、とは確かに思っていた。だが、その『モミ』という木はちょっと存在感がありすぎる。下にいくほど枝が広がり重心が低いので、その圧迫感で部屋が狭く見えてしまう。見て楽しむにはやや重たい印象だ。

「明日は、クリスマスイブだからな」

凜の戸惑いを背中で感じ取ったのかもしれない。高槻がボソリと言った。

「クリスマス、イブ……?」

「ああ」

ふいに、幼い頃の風景が浮かんできた。

小学校に上がったばかりの凜は、理沙子に手を引かれ町を歩いていた。町はキラキラとした光に溢れ、とても美しく飾られていた。いつもは暗くさびれた感じすらする商店街が、どうしてこんなに急に綺麗になったの、と聞くと、クリスマスだからだよ、と理沙子が教えてくれた。

帰った家はもちろんいつもどおりで、古びて、茶ばんで、冷えきっていた。父は飲みに、母は遊びに出かけて留守で、灯油も蛍光灯も切れひんやりとした暗い家の中で、理沙子が買ってくれた小さなケーキを二人で半分ずつ食べた。

「クリスマス……」

凜は繰り返す。

あのとき食べたケーキの甘さと、おいしくて嬉しいはずなのになぜかとても寂しかった気持ちがよみがえってくる。

町行く人達が皆華やぎ笑顔だったのだから、クリスマスという日は気持ちが浮き立つ素敵なイベントの日なのに違いない。けれど凜は、それを知らない。キラキラした楽しいクリスマスは、凜には縁のないものだったから。

「失敗したトンボ玉や、いらないガラスの欠片を飾ればいい。それはおまえに任せる」

背を向けたまま枝を直している高槻の言葉に、凜はただただポカンとしてしまう。

金銀の星やモールできらびやかに飾られた美しいクリスマスのツリーを、昔町で見た。幸せの象徴のようなあれを、高槻はまさか凜に作らせてくれようというのだろうか。

「い、いいの……？」

声が掠《かす》れた。感情が昂ぶったときは、舌がよく回らなくなってしまう。

「ああ、好きに飾れ。ライトも買ってきてある。ガラスに光が反射して、きっと綺麗だろう」

凜の頭の中に、見たこともないほど綺麗なツリーのイメージと、心躍る風景が浮かんでくる。

捨てる予定だったガラス片やちょっと形のおかしなトンボ玉が、金色のライトに当たって星くずみたいに輝いている。居間の片隅で光を放つ眩いくらいのそれを、寄り添った凜と高槻が一緒に見ている。そんな風景。

子供の頃はものすごく遠くにあるように感じていたものが、今はっきりと心の中に像を結んでいて、凜の瞳は次第に熱くなる。

「それ……うちの、だよね……」

「ん？」

枝を形よく広げ終えた高槻が振り返り、凜を見て目を見開く。驚いているのを見ると、もしかして自分はよほど、泣きそうな顔でもしているのか。

「おれと、士郎さんの、クリスマスツリー、なんだよね？」

そう確認する声はすでに涙の気配を帯びてしまっていた。否定されても肯定されても、泣いてしまいそうな気がした。

高槻の口元がふっとほころぶ。凜の大好きな優しい微笑みだ。

「ああ、そうだ。うちのクリスマスツリーだ」

ぎゅっと拳を握り締め立ち尽くしている凜に近付くと、高槻は包むように体を抱いてくれる。

「おい、どうした？　何か嫌なことでも思い出したか？」

「じゃなくて……嬉しい。おれ、こういうの飾るの、初めて、だから……」

滲んできた涙を指先で拭っていると、

「そうか……俺もだ」

と、少しためらったような声が届いてきた。そっと見上げた高槻は、やや照れたように凛から目をそらしている。

「クリスマスに何か特別なことをしようなんて、思ったことはなかったからな。だが今年からは、おまえがいるから……まぁ、こういうのも悪くないだろう。これからは毎年飾るぞ。飾り付け担当はおまえだ」

凛の髪をくしゃくしゃとしてから、大好きな人が困り顔で苦笑する。その顔を見ていたら、一体何がそんなに不安だったのか凛にはわからなくなってきた。

「さて、コーヒーでも飲みながら、クリスマスの予定でも考えるか」

やや気まずげに早口で言って、そそくさとダイニングへ行ってしまおうとするその広い背中に、凛は思わず抱き付いた。

「士郎さんっ……ありがと」

くぐもった声で礼を言うと、大きな手がポンと頭に乗せられ大事なぬくもりが伝わる。

(大丈夫……今も、これからも、夢じゃないんだ)

今度はわずかな不安もなく、確信を持って思えた。

幸せな今の時間はすぐに終わってしまうかも、などと焦らなくていい。二人は何もかも、これから始める。これまで知らなかったことを一つずつ一緒に体験して、笑顔と思い出を増やしていくのだ。雑誌に載っていた、幸福でいっぱいの恋人達と同じように。

クリスマスには、ツリーを飾る。お正月には、何をするだろう。その先には、どんな楽しいことが待っているのだろう。

そして雪が溶ける頃には、何をしているだろう。凜は今より、もっと上手にしゃべれるようになっているだろうか。

どこにいても、どうなっていても、ただ一つ確かなことがある。それは、いつも高槻がそばにいてくれること。見上げればきっと隣にいて、二人で笑い合えること。

「ほら、泣くな。おかしなヤツだな、まったく」

大好きな人の指が頬に触れてきて、ついに涙がこぼれてしまったことを知る。凜はあわててそれを拭い、まだ少しだけぎこちないが精一杯の笑顔を高槻に向ける。

春、降り積もった雪と共に凜の不安も完全に溶ける頃には、もっともっと明るい笑顔を見せられそうな、そんな予感がした。

あとがき

はじめまして。こんにちは。伊勢原ささらです。このたびはこの本、『真白に綴る愛しさは』をお手に取っていただき、本当にありがとうございました。

シリアスタッチの現代ものでしたが、いかがでしたでしょうか。乾いた荒野を一人さまよっているような主人公の高槻が、身も心も傷付き殻に閉じこもってしまった凜と出会い、誰かを想う心を取り戻し、本当の愛を知っていく物語でした。不器用で孤独な二人がもどかしいくらいゆっくりと距離を詰め、お互いを理解し、大切だと感じていくまでを描いた地味めなお話でしたが、読んでくださった皆様のお心に少しでも何か残るものがありましたら嬉しいです。そして、今作のモチーフは『雪』と『ガラス』。関東から出たことのない私は、雪で視界が覆われる世界というのを見たことがありません。両耳を塞ぎ目を閉じて、森に囲まれた真っ白な世界を想像してみたら、降り積もる雪に同化してしまいそうな感じになりました。静かで、そして実際はとても寒いのでしょうね。トンボ玉は以前ガラス工芸の本で見て、美しいなぁと感激したので。不器用ですが、いつか自分でも作ってみたいです。

今作のイラストを描いてくださったのは、六芦かえで先生です！　なんとなんと、以前から私の大好きだった憧れの先生で、お話いただいたときは舞い上がって感涙してしまいました。男らしくてかっこよすぎる高槻と、繊細で美しい凜が、作品を生き生きと輝かせてくださいました。お忙しい中本当にありがとうございました！

このお話は過去、B－PRINCE文庫新人大賞で、奨励賞を受賞させていただいた作品を大改稿したものです。「いいご縁がありますように」と快く今作を送り出してくださいましたB－PRINCE文庫の担当様、そしてお忙しい中作品を読んでくださり的確なアドバイスとともに刊行まで導いてくださったルチル文庫の担当様に、改めまして心からの感謝を申し上げます。思い入れのある大切なお話が、素晴らしいイラストとともにこうして一冊の本になり、皆様のもとにお届けできますこと、本当に嬉しく、ありがたく思っております。

また刊行にあたってお世話になりましたすべての関係者の方々にも、深くお礼申し上げます。

他社様からの刊行分も含めますと、この本が私の十冊目の文庫本になります。自分などが十冊も本を出していただけたという実感がまだ湧かず、夢を見ているような気持ちでおります。ただ、日々一つだけ、心に深く刻んでいることがあります。それは、読者様の応援なしてはこの日を迎えられなかったということです。どこかにいらっしゃるどなたかが、貴重なお時間を使って私の書いた物語を読んでくださっている。そう思うだけで、たくさんの救いと勇気をいただけています。本当に、本当にありがとうございます。

高槻と凜とともに皆様も、笑顔で春を迎えられますことを心から祈りつつ。

伊勢原　ささら

✦初出　真白に綴る愛しさは……………投稿作品を改題、大幅加筆修正
真白な世界に愛は降る…………書き下ろし

伊勢原ささら先生、六芦かえで先生へのお便り、本作品に関するご意見、ご感想などは
〒151-0051 東京都渋谷区千駄ヶ谷 4-9-7
幻冬舎コミックス　ルチル文庫「真白に綴る愛しさは」係まで。

幻冬舎ルチル文庫
真白に綴る愛しさは

2020年3月20日　　第1刷発行

✦著者	伊勢原ささら　いせはら ささら
✦発行人	石原正康
✦発行元	株式会社 幻冬舎コミックス 〒151-0051 東京都渋谷区千駄ヶ谷 4-9-7 電話 03(5411)6431［編集］
✦発売元	株式会社 幻冬舎 〒151-0051 東京都渋谷区千駄ヶ谷 4-9-7 電話 03(5411)6222［営業］ 振替 00120-8-767643
✦印刷・製本所	中央精版印刷株式会社

✦検印廃止

ISBN978-4-344-84635-7　C0193　Printed in Japan

幻冬舎コミックスホームページ　https://www.gentosha-comics.net